KB104582

읽기의 힘, 듣기의 힘

읽기의 힘, 듣기의 힘

다치바나 다카시 외 지음
이언숙 옮김

옮긴이 이언숙

1964년 출생. 고려대학교 사학과를 졸업하고, 동 대학원 동양사학과(일본사) 및 일본 도쿄대학 대학원 인문과학연구과 국사학과(일본중세사) 연구생 과정을 수료했다. 우리말로 옮긴 책에 『멸망하는 국가』, 『나는 이런 책을 읽어왔다』, 『일본인에게 역사란 무엇인가』, 『에도의 패스트푸드』, 『사건과 에피소드로 보는 도쿠가와 3대』, 『일본사 개설』 등이 있다. 현재 외교통상부, 국제교육진흥원, 한국국제교류재단에서 통역, 한일 역사교사 교류회 심포지엄 등 한일 학술문화 교류 관련 통역 요원으로 활동 중이다.

읽기의 힘, 듣기의 힘

초판 1쇄 발행 2007년 7월 16일
초판 4쇄 발행 2014년 6월 20일

지은이 다치바나 다카시 외
옮긴이 이언숙
펴낸이 정차임
편　집 황병욱
디자인 강이경
펴낸곳 도서출판 열대림
출판등록 2003년 6월 4일 제313-2003-202호
주소 서울시 마포구 동교동 156-2 마젤란 503호
전화 332-1212
팩스 332-2111
이메일 yoldaerim@korea.com

ISBN 978-89-90989-26-0 03800

* 잘못된 책은 바꿔드립니다.
* 값은 뒤표지에 있습니다.

내가 있고 싶은 곳은 깎아지른 절벽 위

그곳에 책 한 권만 가져가

소리내어 읽는다

바다와 하늘에게 인간이 쓴 책이라는 녀석을

읽어준다

— 다니카와 순타로

차례

▮ 심포지엄 — 읽기의 힘, 듣기의 힘

| 들어가는 말 |

일생 동안 몇 권의 책을 읽을 수 있을까

읽기와 듣기, 지금 왜 필요한가

읽기와 듣기는 어디까지인가

일생 동안 몇 권의 책을 읽을 수 있을까

__다치바나 다카시__

나는 어려서부터 책벌레였다. 기회가 있을 때마다 책을 찾아 읽었다. 학교 도서관의 책은 거의 모두 읽었다. 이바라키현(茨城縣) 미토시(水戶市)에서 자란 나는 학교 도서관의 책만으로는 부족해 근처에 있는 시립도서관과 현립도서관까지 드나들며 문학 서적 대부분을 읽었다. 그곳에는 일본 문학뿐만 아니라 서양 문학도 전집류 형태로 구비되어 있어서 고전에서부터 현대 문학에 이르기까지 두루 탐독할 수 있었다.

근처 책 대여점을 통해서는 대중문학 읽기에 열중했다. 요시카와 에이지(吉川英治, 1892~1962. 소설가 — 옮긴이)나 에도

가와 람포(江戸川亂步, 1894~1965. 소설가 – 옮긴이)의 작품은 대부분 이 대여점을 통해 읽었다. 친구 집에 놀러가서는 그곳에 내가 읽지 않은 책이 있으면 꼭 빌려서 읽었다. 아동문학이나 청소년용 어드벤처물은 대개 빌려 읽었다.

그러고 나서 시간이 있으면 큰 서점에 가서 선 채로 책을 읽었다. 일요일에는 오전부터 저녁 때까지 서서 읽기도 했다. 서점에서 쫓겨나면 거리를 좀 거닐다가 다시 서점으로 돌아가서 책을 읽었고, 배가 고파 죽을 지경이 되어서야 집으로 돌아왔다.

대학에 입학해서는 주로 고서점가를 헤집고 돌아다니면서 저렴한 책을 사모았다. 도쿄 시내의 고서점 안내 지도를 들고 이 잡듯 샅샅이 뒤지며 책 사냥을 하고 다녔다.

어린 시절 나는 항상 돈이 궁했다. 어서 부자가 되어 좋아하는 책을 마음껏 사고 싶은 생각뿐이었다. 지금은 그 소원을 어느 정도 이루어 책 살 돈이 넉넉하다. 희귀서적이나 특별 제본한 호화서적을 모으는 취미는 별로 없어서 책을 사는데 그다지 큰 돈이 들지 않는다.

지금은 오히려 돈보다 시간이 부족해 고민이다. 지금 급속하게 줄어들고 있는 것은 매일매일의 독서 시간뿐만이 아니라 내 인생의 남은 시간이다.

먹는 것을 즐기는 사람은 인생의 남은 시간이 얼마 되지 않는다고 생각될 때 남은 인생에서 앞으로 몇 번 식사를 할 수 있는지를 계산해 한끼 한끼를 소중히 여기며 즐긴다고 한다. 그런데 나는 먹는 것에는 크게 관심이 없다. 식사하는 시간조차 아깝게 여기는 편이어서 덮밥집이나 메밀국숫집에서 저렴하면서도 빨리 한 끼를 해결할 수만 있으면 그것으로 족하다.

내 고민은 일생 동안 앞으로 몇 권의 책을 읽을 수 있을까 하는 것이다.

속독(速讀)에 대해서는 나름대로 열심히 연습해 빠르다고 자부하지만, 남은 절대 시간이 급격히 줄어들고 있어 원하는 만큼 많은 책을 읽을 수 없을 것이다. 정말 초조하다.

어쩌면 이제 안달하면서 새로 쏟아져 나오는 책을 읽으려 하기보다는 읽을 책을 엄선해 지금까지 읽은 책 중에서 좋은 책을 골라 두번 세번 즐기면서 다시 읽어야 하는 시기인지도 모른다.

그렇게 하도록 권하는 사람도 있으나, 나는 지금까지 인생을 살면서 그렇게 한(즐기기 위해 책을 읽은) 적이 없어서 갑자기 지금에 와서 습관을 바꿀 수가 없다.

나는 지금도 즐기려고 책을 읽을 생각은 없다. 따라서 엔터테인먼트류의 책은 기본적으로 읽지 않는다. 이제 얼마 남지 않은 인생을 그런 데 쓰기가 아까운 것이다.

내가 책을 읽는 가장 큰 이유는 언제나 새로운 발견을 하고 싶기 때문이다. 인간의 가장 중요한 본능은 새로운 것을 발견하는 마음('novelty'를 좋아하는 취향)이다. 이러한 본능 덕분에 인류는 지금까지 진화할 수 있었다.

그 본능에 충실하면 항상 새로 나온 책에 손이 먼저 가지, 결코 예전에 읽은 책에 다시 손이 가지는 않는다. '예전의 즐거움을 다시 한 번'이라는 사고에 빠지기 시작하면 인간은 진화가 아닌 퇴화의 길을 걷게 되므로 그런 날이 오지 않기를 늘 바라고 있다.

읽기와 듣기, 지금 왜 필요한가

__ 가와이 하야오

'읽기' 와 '듣기' 라고 하면, 단지 어떤 글을 읽거나 다른 사람의 이야기를 듣는 정도로 여겨 '말하기' 나 '쓰기' 보다 수동적인 행위라고 생각한다. 그러나 시각 · 청각이라는 관점에서 생각해 보면, 아무 생각 없이 무언가를 보거나 그저 들리는 소리를 듣는 것 외에 좀더 능동적이면서 주체적인 의지가 관여하고 있음을 알 수 있다.

'읽다(讀)' 라는 말에는 시를 읽거나 글의 뜻을 파악한다는 의미가 포함되어 있으며, '듣다(聽)' 라는 말에는 질문을 한다는 의미가 내포되어 있다. 즉 읽기와 듣기는 우리가 생각하는 것보다 훨씬 더 능동적인 행위이며, 나아가 인간의

'삶' 에 깊이 관여하고 있다는 말이 되기도 한다.

과학기술의 급격한 발전으로 현대인의 생활은 더욱 편리하고 쾌적해졌다. 하지만 지나치게 효율성만을 따지면서 짧은 시간에 더 많은 정보를 더 손쉽게 얻는 방법만이 최고의 가치인 듯 여기는 경향이 점점 더 강해지고 있다. 그러면서 진득하게 무언가를 '읽는' 다거나 다른 사람의 이야기를 참을성 있게 '듣는' 행위에 대해서는 상대적으로 소홀하다. 더군다나 TV나 비디오의 보급으로 많은 사람들이 찰나에 만족하는 엔터테인먼트에 마음을 빼앗기면서 활자를 점점 더 멀리하는 경향이 심화되고 있다.

현대인의 인생은 매우 길어졌다. 인간의 평균수명이 크게 늘었기 때문이다. 인간의 긴 일생을 고려해 볼 때, 이제 길고 진득하게 시간을 보내는 방법에 대해 고민해야 할 때가 아닐까? 이를 망각하고 젊은 시절 순간적인 즐거움을 '삶' 으로 착각하는 사람은 나중에 다가올 긴 노후생활을 잿빛 속에서 맞이하게 될 것이다.

따라서 바쁘게 돌아가는 현대사회에서 무언가를 차분하게 '읽거나 듣는' 일은 매우 큰 의미를 지닌다. 시대가 시대이니만큼 더욱 중요하다고 할 수 있을 것이다.

최근 빠르게 확산된 초등학교의 '아침 10분 독서운동' 은 단 10분간이라도 차분히 독서하는 일이 얼마나 중요한 일인지를 잘 보여준다. 그리고 이 운동이 나라 전체로 확산되어 기쁘기 그지없다. 어른들도 어린이들에게 뒤지지 않도록 회사에서 '아침 10분 독서운동' 을 전개해 보면 어떨까 하는 바람을 가져본다.

책을 '읽고' 다른 사람의 이야기나 음악 등을 '들을' 때 마음속에 이미지가 그려질 때가 있다. 그 이미지는 외부에서 받는 이미지와는 달리 그 사람의 개성을 잘 드러내준다. 이와 같은 내적 이미지도 '읽기, 듣기' 에 대해 생각해 볼 때 염두에 두어야 할 중요한 요소이다.

'듣기' 에는 자연의 소리나 음악을 듣는 것도 포함되는데, 이에 대해서는 시간이 허락하면 나중에 좀더 언급해 보고자 한다.

읽기와 듣기는 어디까지인가

__ 다니카와 슌타로

독자 여러분도 마찬가지겠지만, 나 역시 매일매일 쉴새없이 무언가를 읽는다. 아침에 일어나면 먼저 신문을 읽고, 때로는 신문에 딸려온 광고 전단지까지 읽는다. 컴퓨터를 켜서 전날 쓰다 만 글을 되풀이해 읽거나, 쌓인 팩스나 우편물도 읽어야 하며, 기증받은 잡지나 책도 있다. 물론 잡지나 책은 아침에 금방 다 읽을 수는 없다.

난시가 들어간 노안용 안경을 끼고 무언가를 읽는 일은 때로 고통스럽다. 내용에 화가 치밀어 더욱 읽기 싫은 것도 있다. 30년 전에 들은 적이 있는 '정보 과부하' 라는 말이 떠올라 한숨이 나온다. 하지만 홍미를 끄는 기사, 재미있는 책,

친구가 직접 써서 보낸 엽서를 받을 때면 무언가를 읽을 수 있다는 사실이 마냥 기쁘다.

눈으로 읽는 것이 오직 머리로만 들어온다면, 귀로 듣는 것은 머리보다는 오히려 온몸에 전해진다고 할 수 있다.

아침, 지붕 위를 걸어다니는 새의 발소리와 울음소리에서부터 전화로 들려오는 입원 중인 친구의 상태, 얼굴도 모르는 젊은 독자가 보낸 낭독 CD, 마당에서 캐치볼을 하는 손자의 말소리……. 때로는 좋아하는 음악을 들으면서 잠들기도 한다.

물론 '읽다' 라는 동사는 눈으로 읽는 것만을 의미하지 않는다. 내가 참여하는 시의 낭독도 읽기의 범주에 들어간다. 하지만 눈으로 읽는 것과 달리 목소리를 내면서 읽는 것이므로 여기에는 이를 들어주는 사람이 필요하다. 이럴 경우의 읽기는 다른 사람의 반응을 포함하므로 혼자서 하는 낭독과는 사정이 달라진다. 이 경우에는 읽기와 듣기가 한 세트로 움직인다.

문자가 없었던 옛날, '읽다' 라는 말이 있었을까? 구름의 움직임을 읽거나 사냥감의 발자국을 읽거나 점을 친 결과를 읽었다는 점에서 각각에 해당하는 말이 있지 않았을까 상상해 볼 수 있을 것이다. 오늘날에도 사람들은 글자를 읽을 뿐만 아니라 사람의 표정을 읽고, 시의 여백이 갖는 행간을 읽으며, 경기의 흐름을 읽는 등 말로 표현하기 어려운 것까지 읽어내고 있다. 즉 '읽다' 라는 말에는, 분명하게 언어로 정리할 수 있는 것만이 아니라 비언어적인 것도 포함되어 있다고 할 수 있다.

'듣다' 라는 말도 마찬가지다. 예를 들면 침묵을 듣거나 송풍(松風)을 듣거나 향을 피워 냄새를 맡을 때에도 '듣다' 라는 단어를 쓴다. 즉 인간의 의식에 호소하는 내용을 자신에게 투영하는 움직임을 '듣다' 라고 표현하는 것이다. 그렇다면 읽는 것, 듣는 것의 범위는 매우 넓다고 할 수 있다. "백문(百聞)이 불여일견(不如一見)" 이라는 속담이 있지만, 이는 상당히 미심쩍은 말이다. 눈은 귀보다 더 쉽게 속아넘어갈 때가 많으니까.

읽기와 듣기를 우리는 자칫 지성의 작용으로 파악하는 경향이 있지만, 눈이나 귀는 모두 우리 몸의 일부이다. 외부로 열려 있는 감각 기관임에는 틀림없으나 이 모두 우리 몸의 내부에 뿌리를 두고 있다는 점을 잊어서는 안된다. 밤에 꾼 꿈을 읽어냄으로써 의식의 저변에 자리한 것을 깨닫거나, 어떤 음악의 한 소절을 듣고 떨리는 그리움을 느끼는 등, 몸은 때로 머리보다 똑똑하다.

이제 여러분은 우리 세 사람의 이야기를 읽고 들으면서, 이야기의 행간과 우리의 뜻을 정확히 읽어주기를 바라는 마음이다.

| 강 연 — 첫번째 |

읽는다는 것, 듣는다는 것, 산다는 것

읽는다는 것, 듣는다는 것, 산다는 것

— 가와이 하야오

이 세미나의 주제는 '읽기, 듣기' 입니다. '읽기, 듣기' 의 의미는 무엇일까요? '책을 읽는다, 사람의 이야기를 듣는다' 로 한정한다면, 이는 인간만이 하는 행위입니다. '듣기' 를 좀더 넓게 본다면 동물에게도 해당하는 말이기는 하지만, 인간은 언어를 수단으로 활용한다는 결정적인 특징이 있습니다.

인간이 가진 문화 · 문명의 토대에는 '언어' 라는 것이 자리하고 있습니다. 우리는 이것을 다양하게 흡수하고 또한 실제로 기억 속에 하나하나 저장합니다. 그리고 이를 저장하기 위해 읽거나 듣는 일을 합니다. 그런데 현대사회는 IT혁명으로 인해 읽거나 들어야 하는 내용이 급속하게 증가했으며 또한 그 기회도 많아졌습니다. 멋진 일입니다.

하지만 너무나도 빠른 변화에 사람들이 따라가지 못해 결국 사람이 정보에 휘둘리는 경우도 생기고 있습니다. 그래서 자신의 주체성을 살리면서 차분히 '읽거나 듣는' 기회는 오히려 줄어들고 있다는 생각이 듭니다. 이와 같은 점을 고려하면서 읽기와 듣기의 문제에 대해 생각해 보고자 합니다.

또한 나중에 이야기가 나오겠지만, 읽기든 듣기든 조금만 범위를 확대하면 그 의미를 더욱 넓힐 수 있습니다. 예를 들면 '읽다' 라는 말도 '사람의 마음을 읽다' 라는 표현이 있으며, 장기를 예로 들면 '상대의 수를 읽다' 라는 표현도 있습니다. 또 '운수를 읽다' 는 표현도 씁니다.

'듣다' 라는 말도 '술을 맛보다'(お酒をきく)의 의미로 사용되는 경우도 있으며, 단순히 말을 듣는다는 표현뿐만 아니라 음악을 듣는다, 자연의 여러 소리를 듣는다는 의미로 확대가 가능합니다. 그러다 보면 표현은 더욱 다양해질 수 있습니다. 이러한 점들을 염두에 두면서 결국 인간이 살아가는 동안에 무엇보다 중요한 '언어' 를 우리가 어떻게 인식하고

있는지에 대해 이야기를 나누어야 할 것 같습니다.

'책을 읽는다' 는 것과 관련해서 얘기하자면, 자주 하는 말입니다만 나는 학자로서 책을 그리 많이 읽는 편이 아닙니다. 다음에 얘기를 들려줄 다치바나 다카시 씨는 엄청나게 많은 책을 읽는 분입니다. 그래서 책에 대한 많은 이야기를 들려주시겠지만, 나는 그다지 책을 읽지 않습니다.

'듣는다는 것' 과 관련해서는 어떤 편인가 하면, 이 분야는 나의 본업입니다. 나는 정말 사람들의 이야기를 들어야 숨을 쉬는 사람이라고 할 정도로 사람들의 이야기를 자주 듣고 있으며 이것이 내 본업이므로 '듣기' 와 관련한 이야기를 먼저 시작하겠습니다.

잠깐 에피소드 하나를 들려드리겠습니다. 다치바나 씨와 내가 맨처음 대담을 가졌을 때에는 '읽기' 가 아니라 '듣기' 에 대해 이야기를 나누었습니다. 다시 말해 모차르트에 대해 이야기를 나눈 것입니다. 몇 년 전인지 정확하지 않습니다만, 10년도 전에 모차르트 사망 200년을 맞아 모차르트의 해로 지정된 때가 있었습니다.

당시 많은 미디어에서 모차르트에 대해 언급했지요. 대부분 전문가들이 내놓은 의견들이었습니다. 그런 가운데 전문가가 아닌, 음악에 문외한인 사람의 이야기를 듣는 것도 재미있지 않을까 하고 생각한 사람은 당시 『월간 아사히(月刊朝日)』의 기자였던 나카무라 겐(中村謙) 씨였습니다. 그는 음악 문외한 대표로 나와 다치바나 다카시 씨를 뽑아 『월간 아사히』(1991년 1월호)에서 모차르트에 대해 이야기를 나눌 수 있는 기회를 마련해 주었습니다.

그런데 흥미로운 점은, 왠지 모르지만 그 자리에서 모차르트가 아닌 임사체험(臨死體驗)에 관한 이야기가 화제로 떠올랐습니다. 당시 사람들이 아직 임사체험에 대해 그리 관심이 없던 시기였는데도 우리는 모차르트는 멀리 보내고 한 시간 가까이 임사체험에 대해서만 이야기를 나누었습니다. 이렇게 그날의 대담이 끝나는 것은 아닐까 걱정이 들 정도여서 마지막에 잠시 모차르트에 대한 이야기를 나누면서 대담을 마무리했지만 참 재미있는 경험이었습니다.

오늘 이 자리에서 함께 '읽기, 듣기' 에 대한 이야기를 나눌 예정이므로, 어쩌면 오늘은 모차르트가 화제에 오를지도 모르겠습니다. 이어질 다치바나 씨와의 대담이 기대됩니다.

오늘 나눌 이야기의 주제입니다만, 앞에서도 말했듯 '듣기' 는 나의 본업입니다. 다시 말해 나를 찾아온 클라이언트와 상담을 할 때에 기본은 '듣는' 것입니다. 스모에 이런 말이 있습니다. "밀면 밀어라, 당기면 밀어라." 미는 것이 스모의 기본이라는 말입니다.

나는 카운슬러의 기본은 "말하면 들어라, 말하지 않아도 들어라"라고 생각합니다. 무조건 듣는 것이 기본이어서, 상담하러 온 사람이 하는 말을 참을성 있게 듣습니다. 대개 카운슬러는 많은 것을 가르쳐주거나 지도해 주거나 조언해 주는 사람이라고 잘못 알려져 있는데, 그런 일은 거의 하지 않습니다. 때로 그럴 때도 있습니다만, 좋은 방법은 아닙니다. 대체로 카운슬러는 듣기만 합니다.

예를 들면, 상담을 위해 찾아온 사람은 누구나 자신은 이런 증상 때문에 고민이라고 말합니다. "밖에 한 발자국도 나가지 못하겠습니다"라면서 "어떻게 해야 할까요?" 하고 내게 묻습니다. 내가 어떻게 해야 하는지 알려주리라 기대하면서 "어떻게 해야 할까요?" 하고 물을 때, 나는 "어떻게 하면 좋을까요?" 하고 되묻습니다. 그러면 상담하러 온 사람은 이야기를 계속합니다. 그렇게 계속 이야기를 이어가고 나는 조용히 듣습니다. 그리고 이야기를 듣다 보면 그 사람의 이야기가 조금씩 달라집니다.

생각해 보면 인간은 이야기를 듣고 있는 것 같지만, 진심으로 끝까지 듣는 경우는 없는 것이 아닐까요? 그래서 이야기를 하는 도중에 어느 지점에서 이야기를 접어버리거나 그만두고 맙니다. 하지만 카운슬러는 이야기를 철저하게 듣습니다. 다만 그때마다 전문적으로 자신의 체험을 조금씩 심화해 가는 것은 분명합니다만, 역시 일반인들과는 다른 방법으로 이야기를 듣습니다.

카운슬러는, 상담하러 온 사람이 하는 말을 온 신경을 곤두세워 듣는다거나 들은 내용을 필사적으로 머릿속으로 생각해 보는 방법으로 이야기를 듣지 않습니다. 예를 들면 상담을 위해 찾아온 사람이 "너무 힘들어 죽어야겠어요" 라고 말했을 때 "네? 죽는다고요? 이를 어쩌지요?" 라는 반응을 보인다면 이는 보통 사람들이 이야기를 듣는 방법입니다. "죽어야겠어요" 라고 말했을 때 전문 카운슬러는 "네에" 정도의 반응을 보이며 평온하게 듣기만 합니다. 이는 처음부터 누구나 가능한 방법이 아닙니다.

"학교에 안 다니고 있습니다" 라는 말을 하면 보통은 "언제부터 가지 않았는데요?" 라고 묻습니다. 보통은 "저는 영화를 좋아합니다" 라고 말하면 "무슨 영화를 좋아하세요?"

라든가 "어떤 감독을 좋아하세요?" 라고 묻습니다. 하지만 전문 카운슬러들은 "영화를 좋아합니다" 라고 말해도 "네" 라고 대답합니다. 어떤 말에도 "네" 라는 반응을 보이면서 멍청해 보인다 싶을 정도로 묵묵히 듣기만 합니다. 왜냐하면 말에만 집중하다 보면 그렇게 되기 때문입니다.

우리 전문 카운슬러들이 무엇보다 중요하게 여기는 것은, 상담하러 온 사람이 무엇을 생각하고 무엇을 느끼는지보다 그 사람의 가능성에 주목하는 일입니다. 가능성에 모든 것을 겁니다. 그 사람이 "당장 죽고 싶다" 고 말해도 그에게는 죽고 싶지 않은 마음이 있을 것입니다. 죽고 싶다고 말해도 그것은 상징적인 죽음일 뿐이며, 다시 시작하고 싶을 것입니다. 여러 가지 사정이 있을 것이므로, 그런 말을 들었을 때 "정말 죽고 싶습니까?" 라고 묻기보다는 그 사람이 가진 가능성을 발견하려고 노력합니다.

멍청해 보일 정도로 묵묵히 듣는 태도는, 상담하러 온 사람의 현재 생각과는 전혀 다른 측면을 발견하고 주목하기 위한 방법입니다. 그저 묵묵히 듣는 태도는 매우 간단해 보일지도 모르지만 사실 엄청난 에너지를 필요로 하는 작업입니다. 이 작업과 비슷한 정도의 에너지를 필요로 하는 작업을 예로 든다면, 결승전을 앞두고 타자석에 들어선 투수나 그 밖의 스포츠맨, 그리고 예술가들이라고 할 수 있습니다.

예술가들은 엄청난 긴장감을 안고 무대에 서는데, 그런 정도의 에너지를 필요로 하는 작업이 묵묵히 듣는 일일 것입니다. 나는 나 자신의 듣는 태도를 스스로 심화하기 위한 훈련의 참고자료로서 스포츠 관전을 무척 좋아하며 예술도 자주 접하고 있습니다. 이런 것들을 보거나 듣는 것은 좋은 참고가 됩니다.

다니가와 고지(谷川浩司)라는 일본의 유명한 장기 명인과 대담을 나눈 적이 있습니다. 장기도 '읽는다' 는 표현을 사용합니다. '다음 수를 읽다' 라고 표현합니다. 그런 면에서 장기는 참으로 흥미로운 게임입니다. 다니가와 씨와 대담을 가졌을 때 그가 이런 말을 들려주었습니다.

"장기로 일류가 되기 위해서는 연구자와 예술가와 승부사에게 필요한 세 가지 요소를 균형 있게 갖추어야 합니다."

참으로 멋진 지적입니다. 아주 마음에 드는 말이어서 기회 있을 때마다 이 말을 자주 언급하는데, 어느 날 그에게 "저작권은 어떻게 되나요?" 라고 물었더니 "공짜로 해드리지요" 라고 대답해 지금도 자주 공짜로 인용하고 있습니다.

장기를 연구하지 않는 기사는 진정한 장기 기사라고 할 수 없습니다. 이미 좋은 수로 잘 알려진 수뿐만 아니라 최근에 누가 이런 수를 두었다거나 예전에 이런 수를 둔 적이 있다거나 등등 모든 것을 연구해야 합니다. 그런데 너무 연구에만 몰두하다 보면 실제로 장기를 두기가 어려워진다고 합니다. "아니지, 이런 수가 있었지. 아냐, 저런 수가 있었지. 이렇게 두면 이렇게 될 거야." 이렇게 끊임없이 이어지는 생각 때문에 시간을 초과하여 오히려 어처구니없는 일이 벌어지고 맙니다.

장기는 승리라는 결과만이 남는 경기입니다. 그래서 무슨 일이 있어도 이기고 보겠다고 발버둥치는 사람이 많은데, 그러면 결국 실패하고 맙니다. 승리에 지나치게 집착하다 보면 이기지 못한다는 점이 승부세계의 묘미겠지요. 따라서 장기 기사는 승부사이기만 해서는 안됩니다.

참으로 흥미로운 점입니다만, 우리는 장기라고 하면 '이렇게 두면 저렇게 두고 저렇게 두는가 싶으면 이렇게 둔다'는 이미지를 갖고 있습니다. 이렇게 두면 상대방은 자신이 생각한 것과 다른 수로 대응하므로 생각처럼 쉽지는 않습니다만, 그렇다고 꼭 그렇지만도 않습니다. 잘 보면 알 수 있습니다. 이는 예술적 판단에 가장 가깝습니다.

'이것이다' 하는 수는 우리가 정석이라고 생각하여 따르는 수와는 전혀 다른 것입니다. 그런데 예술적인 장기 기사는 이겼을 때에는 비할 바 없이 멋지지만, 어처구니없이 지기도 합니다. 참으로 예술적으로 진다고 할 수 있으나, 그래서는 안됩니다.

그러므로 연구자와 예술가와 승부사라는 3요소가 균형을 이룸으로써 비로소 완성된다는 다니가와 씨의 말을 들었을 때 나는 "다니가와 씨, 그것은 카운슬러도 마찬가지입니다"라는 말씀을 드렸습니다. 우리 전문 카운슬러도 연구가 필요합니다. 그리고 예술적 판단이 반드시 필요합니다. 나아가 승부사여야만 합니다.

"과연 예술적 판단 따위가 필요할까?" 많은 분들이 그렇게 생각하시겠지만, 앞에서 언급하였듯, 상담을 하러 온 사람이 '죽고 싶다' 고 말했을 때, 그 '죽고 싶다' 는 말이 정말 죽겠다는 것인지, 그런 말을 해서 조금 놀래주려는 것인지, 지금 그저 떠오른 생각인지……. 이쯤 되면 예술적 판단과 비슷한 판단력이 필요합니다. 좀처럼 논리적으로 말하기 쉽지 않은 그런 것입니다.

게다가 승부수를 던져야 할 때도 있습니다. '죽고 싶다'는 말을 하면 '그러시지요' 라고 대답할 필요가 있을 때도 있습니다. '그러시지요' 라고 대답했는데 정말 죽는다면 그것은 실패입니다. 그러나 승부수를 던지는 이런 승부사와 같은 성향이 없다면 카운슬링은 불가능합니다.

내가 보기에 일본의 카운슬러 중에는 승부사가 많지 않습니다. 이야기를 들을 때 모두 듣기만 하면 된다는 생각에 사로잡혀 이야기를 듣는 가운데 승부수를 던져야 하는 때가 있다는 점을 잊어버리는 사람이 많습니다.

이처럼 장기와 카운슬링이 비슷한 점이 많다는 사실은 매우 흥미롭습니다. 이와 같은 태도를 가지고 상담하러 온 사람의 이야기를 들으면, 머리로 그 이야기를 듣는다기보다는 온몸으로 듣고 있다는 느낌이 듭니다.

이런 방법으로 이야기를 듣는 태도는 책을 읽을 때에도 마찬가지로 나타날 것입니다. 책을 읽는다는 것은 읽으면서 여러 정보를 듣는 셈입니다. 무언가를 읽을 때, 이런 이야기를 하는 사람이니까 이렇게 하는 것은 아닐까? 저렇게 하는 것이 낫지 않을까? 하며 '행간 읽어내기' 에 집중해야 합니다. 우리에게 가장 중요한 것은 그 '행간 읽기' 속에 자기 자신을 온전히 몰입해야 한다는 점입니다. 모두들 이 점을 잊고 있습니다.

이 사람이 어떻다가 아니라, 이 사람과 만난 나는 어떻게 느끼고 있는지, 어떻게 반응하고 있는지, 또는 나의 무의식은 어떤 변화를 보이고 있는지……. 사실 나는 꿈을 매우 중요하게 여깁니다. 가끔 상담하러 온 사람에 대한 꿈을 꾸기도 해서 그런 때에는 그 꿈에 대해 아주 깊이 생각해 보기도 하며, 뿐만 아니라 그 사람이 오는 날 비가 왔는지 맑았는지, 문을 열었을 때 문이 덜컥거렸는지 스르륵 열렸는지 전부 입력(기억)합니다.

이것저것 전부 입력하고 나서 나 자신도 여기에 포함시킵니다. 미숙한 사람일수록 상대방만을 생각하고 자신이라는 존재는 전혀 여기에 개입시키지 않습니다. "이렇게 하면 되잖아요. 저렇게 하면 되잖아요"라는 말을 하는 사람은 자신을 몰입하지 않는 사람입니다. 자신을 몰입하면 그리 간단히 말할 수 없을 것입니다. 그렇지 않습니까?

예를 들면 술을 즐기는 사람에게 모두들 "술 끊으세요"라고 말하지만, 그런 말을 들었다고 술을 끊는 사람이 얼마나 되겠습니까? 그런 말을 해서 효과가 있다면 다른 사람에게 할 것이 아니라 자기 자신에게 해보면 알 것입니다. "가와이 하야오 씨, 공부 좀 열심히 하세요" 라고 충고해도 나는 절대 열심히 하지 않습니다. 그렇지 않습니까?

무슨 말을 들어도 좀처럼 고치지 못하는 내가 그런 사람과 만났을 때, 전체를 읽어내지 않고 단지 그 사람만 파악해서 충고를 한다면 저는 제대로 된 카운슬링을 했다고 할 수 없습니다.

책을 읽을 때도 마찬가지입니다. 스스로를 몰입해 읽는다고 할까요. 단지 책 자체만 읽고서 "이 책은 별로야" 라고 판단할 것이 아니라 스스로를 몰입해 읽어야 합니다. 나는 그렇게 책을 읽습니다. 그렇게 책을 읽고 내 마음속에서 우러나오는 것을 글로 옮기는 방식으로 『아동도서를 읽다(子どもの本を讀む)』, 『판타지를 읽다(ファンタジーを讀む)』 등 여러 책을 저술했는데, 아마도 일반인이 책을 읽고 서평을 하는 것과는 다르지 않을까 생각합니다.

신문사 등에서 서평을 의뢰해 오면 나는 곧장 대답을 하지 않고 "읽어보고 결정하겠습니다" 하고 말합니다. 읽어보고 내 마음이 움직이지 않으면 절대 서평을 쓰지 않습니다. "이 책은 별로다" 라는 글을 쓰게 되더라도 내 자신의 마음이 움직였을 때에는 서평을 쓰겠다고 답을 합니다.

나는 비평가가 아닙니다. 나는 이렇게 책을 읽습니다. 책도 스스로를 몰입해 읽다 보면 몸이 반응을 보입니다. 구와바라 다케오(桑原武夫, 1904~1988. 일본 판타지 문학연구가. 각 분야의 연구가들을 조직하여 공동연구 시스템을 구축한 선구자적 지도자-옮긴이) 선생은 이렇게 말한 적이 있습니다.

"정말 좋은 책을 읽으면 겨드랑이에서 땀이 나온단 말이야."

음악을 들으면서도 온몸으로 듣는다고 표현하고 싶습니다. 나는 그런 방식으로 듣습니다. 음악을 듣는 사람 중에는 아주 객관적인 태도로 듣는 사람이 있을 것입니다. 같은 베토벤 5번 교향곡이라도 푸르트뱅글러(Wilhelm Furtwangler)가 지휘한 연주, 브루노 발터(Bruno Walter)가 지휘한 연주, 카라얀(Herbert Von Karajan)이 지휘한 연주는 어떨까? "누가 지휘하고 어떻게 하니까 어떠했다"라는 평을 하는 사람이 있는데, 나는 그런 방식으로 듣기보다는 베토벤이라는 사람의 베토벤을 듣는, 그런 방식으로 듣습니다. 그렇게 음악을 들으면서 '나'라는 존재가 전체적으로 어떻게 반응하는지, 어떤 변화를 보이는지에 주의를 기울입니다. 그래서 듣는 방식이 그다지 비평적이라고 할 수는 없습니다.

음악을 듣는 것과 관련해 문득 떠오른 생각이 있는데, 이런 일이 있었습니다. 앞에서도 언급하였듯, 나는 상담하러 온 사람의 이야기를 듣습니다. 이야기를 듣다 보면 정말 굉장히 불행한 사람도 있고 엄청나게 힘든 사람도 있습니다. '죽고 싶다' 고 하는 사람, '사람을 죽이고 싶다' 는 사람 등 정말 다양한 사람들이 찾아옵니다.

이렇게 많은 이야기를 듣다 보면 나 역시 매우 힘이 듭니다. 처음 카운슬러를 시작했을 때는 정말 피곤해서 녹초가 되어버렸습니다. 이럴 때 카운슬러는 슈퍼바이저(supervisor)를 찾습니다. 슈퍼바이저란 문제 그대로 풀면 일종의 지도자입니다만, 우리는 지도자란 말보다는 슈퍼바이저라는 말을 쓰는데 왜냐하면 슈퍼바이저는 단순히 지도하는 존재와는 다르기 때문입니다. 카운슬러는 역시 받아들이는 자세가 무엇보다도 중요합니다. 한 시간 정도 누군가와 상담을 마치면 슈퍼바이저를 찾아가서 내가 들은 상담에 대해 이것저것 이야기를 합니다. 슈퍼바이저는 그저 묵묵히 내 이야기를 들어줍니다.

참 신기한 것은 슈퍼바이저에게 이야기를 털어놓고 나면

나 역시 안정을 찾고 '자, 이제 다시 시작해 볼까' 하는 마음이 든다는 점입니다. 또 슈퍼바이저도 여러 사람의 이야기를 들어주다가 지치면 다시 다른 누군가를 찾아가 이야기를 풀어놓고 기운을 차리게 되는데, 결국 어떻게 돌아가는가 하면, 마지막에는 나를 찾아와 이야기를 하는 경우가 많습니다. (웃음) 정말 지쳐 피곤할 때 "저, 가와이 선생님, 잠시 시간 좀 내주세요. 한 시간만 제 이야기를 들어주세요" 하며 실제로 저에게 찾아옵니다. 그 이야기를 들어보면, 모두 엄청난 이야기들입니다.

우리는 이렇게 일을 하고 있습니다만, 학회에서 질의응답 시간에 어떤 사람이 손을 들고 "가와이 선생님의 슈퍼바이저는 누구세요?" 라고 묻는 것입니다. 외국에 나갔을 때에는 종종 외국에서 나의 선생님께 이야기를 풀어놓습니다만, 일본에서 내 슈퍼바이저가 누구냐는 질문을 받았을 때 나는 주저없이 이렇게 대답합니다. "내 슈퍼바이저는 두 명 있습니다. 모차르트와 바흐입니다."

모차르트와 바흐는 정말 나의 슈퍼바이저입니다. 많은 생각을 안고 집으로 돌아갈 때면 모차르트를 듣거나 바흐를 들으면서 안정을 찾게 되니, 역시 훌륭한 나의 슈퍼바이저입니다. 그들은 가타부타 섣부른 조언을 하지 않습니다. 조언을 해줄 리가 없지만, 그저 묵묵히 내가 안고 있는 생각을 풀어 주거나 전혀 다른 각도에서 생각해 보게 하거나, 무엇보다도 '자, 다시 해보자' 또는 '이렇게 해보자' 또는 '다시 시작이다' 라는 마음을 갖도록 도와줍니다. 그러니 이보다 훌륭할 수는 없을 것입니다. 다시 당당히 나설 수 있는 마음가짐을 자연스럽게 갖도록 힘이 되어줍니다.

'이처럼 멋진 음악을 작곡할 수 있으므로' 또는 '인간은 이런 일을 훌륭히 해내는 존재이므로' 라는 생각을 하는 것만으로도 나는 클라이언트가 뭐든 할 수 있을 것이라는 기분이 듭니다. 이러한 기분으로 클라이언트를 만나는 것과 '더 이상 안되겠는데' 라는 생각으로 만나는 것은 전혀 다릅니다. 상담 온 사람이 무슨 말을 하더라도 희망을 잃지 않는 자세가 참으로 중요한데, 희망을 잃을 것 같은 마음이 엄습할 때면 이처럼 음악을 듣는 것이 많은 의지가 됩니다.

모차르트와 바흐의 클래식 음악이 없었다면 나는 숨도 제대로 쉬지 못했을 것 같은 생각이 듭니다. 음악 '듣기' 란 이런 방식으로도 들을 수 있는 것입니다.

듣기의 경우, 한 가지 강조하고 싶은 것은 CD를 통해 듣거나 TV를 통해 연주하는 모습을 시청하는 것도 좋지만, 무엇보다도 생생한 연주를 직접 듣는 것이 훨씬 좋지 않을까 싶습니다.

다음에 다치바나 다카시 씨가 많은 이야기를 들려주실 텐데, 오늘날 IT(Information Technology)라는 것이 매우 발달해서 다방면에서 급격한 변화를 보이고 있으나, 그래도 나는 직접 접해 보는 것이야말로 무엇보다 중요하지 않을까 생각합니다. 누군가의 연주를 단순히 CD를 통해 듣기보다는 직접 연주하는 모습을 눈으로 보면서 듣는 것이지요. 그러면 그것은 듣는 행위뿐만 아니라 보는 행위도 함께 하는 것이므로 더 많은 다양한 느낌을 받을 수 있지 않을까 생각합니다.

나는 지금 '언어' 를 통해 이야기를 하고 있으며 이 언어는 그대로 글자로 옮겨져 문자화되는 것인데, 이렇게 문자화된 것을 읽는 사람과 여기에서 직접 들은 사람은 역시 감흥이 다를 것입니다.

나는 대개 누군가에게 직접 말을 할 때에는 가능한 한 직접성이 잘 살 수 있도록 말하려고 노력합니다. 따라서 내가 한 이야기를 그대로 글자로 옮긴 것을 나중에 읽어보면 왠지 맥이 빠진 듯한 느낌이 드는 경우가 많습니다. 왜 이런 이야기를 하는지 이곳에 계신 분들은 잘 아시리라 생각합니다.

오늘 내가 평소 잘하던 농담을 많이 하지 않은 이유는 바로 오늘 하는 강연 내용이 나중에 활자화된다는 것을 알고 있기 때문입니다. 강연 내용이 활자화되지 않으면 우스갯소리도 참 많이 하게 되는데, 나는 이런 우스갯소리 역시 전체적인 커뮤니케이션을 위한 요소라고 봅니다. 언어를 통해 표현하고 있으나 문자와 언어를 초월하는 것이지요.

그때 문자로 읽으면서 조금씩 문자와 언어를 초월해 갈 수 있는 것이 무엇일까요? 바로 시(詩)입니다. 그런 점에서 시는 굉장히 재미있습니다. 시를 언어만으로 읽으면 재미가 없습니다. 그 증거로 시에는 여백이 아주 많습니다. 모든 것이 여기에 농축되어 있다는 것을 말해주는 것 아닐까요? 더 많은 여백이 있어도 좋지 않을까 하는 생각이 들 정도입니다.

시어(詩語)는, '이런 것이 있습니다' 또는 '이런 사실이 있습니다' 등과 같은, 이른바 정보라는 것과는 전혀 다른 커뮤니케이션으로, 언어+X+α라는 측면이 오히려 더 강하지 않을까요? 또는 이를 환기시킬 수 있는 언어를 어떻게 조합해 가느냐에 따라 시가 탄생할 수 있는 것이 아닐까 생각합니다. 그러면 읽는다는 것에도 생각보다 다양한 읽기 방법이 탄생할 것입니다.

앞에서도 이야기했지만, 나는 클라이언트가 찾아왔을 때, 만약 읽을 수만 있다면 모든 것을 한데 모아 읽고 싶다고나 할까요, 그 사람의 긴 역사라든가 그런 것 말입니다. 다음 강연을 해주실 다치바나 씨의 『에게 — 영원회귀의 바다』라는 작품을 읽었습니다. 다치바나 씨는 셀리눈테(selinunte)라는 신전을 방문했을 때 신전 안에서 문득 깨달았다고 합니다.

인용을 하자면, "나는 지금까지 역사라는 것을 근본적으로 잘못 생각하고 있었다는 것에 대해 생각하기 시작했다." 이어서 "지식으로서의 역사는 날조된 것이다. 학교에서 배운 역사, 역사서 속 역사, 역사가가 말하는 역사, 기록이나 자료 속에 남겨진 역사, 이것은 모두 모조품이다." 모두 가짜라는 것입니다.

왜냐하면 역사로 기록된 것 외에도 엄청나게 많은 역사가 있기 때문입니다. 엄청나게 많은 역사가 있어서 그 잔해들이 남아 있습니다. 그 진실을 말해주는 남겨진 신전, 많은 신전들을 방문하면서 그 신전에 앉아 있는 것만으로도 엄청나게 많은 역사들이 스쳐가지만, 그것은 우리가 아는 역사에 전혀 기록되지 않았습니다.

예를 들면 앞서 사회자께서 나의 약력을 소개해 주셨는데, 그때 나는 생각했습니다. 가와이 하야오는 1928년에 태어나 1950년에 교토대학을 졸업하였다, 그리고 기타 등등 소개가 이어졌는데, 주욱 듣다 보면 "이제 가와이 하야오에 대해 알겠다" 는 생각을 하게 될 것입니다. 나는 이때 들은 것만으로 나를 '알았다' 고 여기는 생각이 너무나 두렵습니다. 태어나고 대학을 졸업한 그 사이사이에도 제게 얼마나 많은 중요한 일들이 있었겠습니까!

그러므로 역사를 읽고 '로마에 대해 알았다, 그리스에 대해 알았다' 고 생각하는 것은 큰 착각입니다. 진짜 역사를 알기 위해서는 무엇보다도 '읽어내는 일' 이 필요하며, '읽어내기' 위해서는 언어의 감춰진 부분, 즉 배후를 읽어내야 합니다.

그런 점에서 오늘은 일부분만 인용하였으나, 다치바나 씨의 『에게 ― 영원회귀의 바다』를 읽고 진심으로 감명받았습니다. 그리고 다치바나 씨의 이 책에는 언어뿐만 아니라 아주 방대한 사진이 실려 있습니다. 영상과 언어가 함께 하는 것입니다. 나는 주로 활자 읽기를 즐기는 편이어서 영상에 대해서는 문외한이며 영상이 너무 많은 것도 싫어하는데, 이 책의 경우에는 활자와 영상의 조화가 아주 훌륭하게 이루어졌다고 봅니다.

이를 고려하면서 무언가를 '읽는다' 는 점에 대해 생각해 볼 때, '듣는' 것에 대해서도 함께 생각해 볼 필요가 있습니다. 음악에 비유해 볼까요? 멜로디 뒤에는 수많은 음이 있습니다. 자칫하면 우리는 멜로디만 듣고 맙니다. 그러나 중요한 것은 그 뒤에 흐르는 모든 음을 함께, 전체적으로 들어야 한다는 점입니다. 이런 방식의 '듣기' 를 통해 분명 깊이 있는 그 무엇인가를 발견할 수 있을 것입니다. 그 깊이가 얼마나 되는지는 당장은 알 수 없습니다. 나는 그렇게 느꼈습니다.

이상 이야기를 마치겠습니다. 감사합니다.

| 강 연 — 두 번 째 |

인간의 미래와 읽기, 듣기

인간의 미래와 읽기, 듣기

__다치바나 다카시

앞에서 가와이 하야오 씨는 듣는 일이 직업이라고 하셨는데, 나 역시 마찬가지입니다. 쓰는 일이 직업인 듯 보이지만, 쓰기에 앞서 들어야 하는 단계가 아주 많은 비중을 차지합니다.

그 동안 나는 그럭저럭 70에서 80권 정도의 책을 썼습니다. 많은 사람들이 책을 쓰는 일은 머릿속에 있는 것을 끄집어내어 쓰는 것이라고들 생각합니다. 그러나 글을 쓰려면 그에 앞서 다양한 자료를 확보해 놓아야 하는 단계가 있습니다. 그 단계 중 하나가 책을 읽는 것이며, 또다른 하나는 사람의 이야기를 듣는 것입니다.

내가 저술한 책 중 3분의 1은 과학 관련 서적입니다. 2005년 10월부터 도쿄대학 대학원에서 'Science Writing' 에 대해 가르치고 있는데, 과학에 대해 어떤 글을 써서 세상에 소개할 것인지를 가르치는 수업입니다.

나는 글을 다양하게 쓰는 편이어서 분야에 따라 전혀 다른 글을 쓰기도 하지만, 특히 과학과 관련된 내용은 기본적으로 직접 연구 현장을 찾아가 그 연구자들에게 들은 이야기를 가장 중요한 자료로 삼습니다.

글을 쓴다는 작업은 먼저 자료 확보가 있은 다음에 그 자료를 통해 스스로 무언가를 생성하여 세상에 드러내는 것이라고 생각합니다. 요컨대 나 자신에게 '정보를 투입하는 과정(Input)' 과 '밖으로 꺼내는 과정(Output)' 이 존재하는 것입니다. 이 '인풋' 과 '아웃풋' 의 비율을 일반적으로 'IO비' 라고 합니다.

IO비가 높을수록, 다시 말해 자료를 최대한 많이 투입하여 적게 배출하면 그 압박비가 높은 만큼 많은 정보가 쌓여 좋은 글을 쓸 수 있습니다. 그럼 일반적으로 적정한 IO비는 얼마일까요? 예를 들면 책을 한 권 읽고 바로 책 한 권을 썼다면, 이것은 1대 1의 비를 갖습니다. 이는 전혀 내용이 없는 책이 되어버리거나 다른 사람의 글을 표절하는 결과로 이어집니다.

대체로 100대 1 정도의 IO비가 아니면 제대로 된 글을 쓸 수 없습니다. 따라서 책 100권을 읽어야 책 한 권을 쓸 수 있다는 이야기입니다. 게다가 과학 분야의 경우에는 논문이 있는데 이 논문은 그 사람이 하고 있는 연구의 극히 일부분만을 정리해 놓은 글입니다. 그 사람이 쓴 100편의 논문을 읽었다고 칩시다. 그러나 그는 연구의 100분의 1 정도밖에 글로 옮기지 않은 것입니다. 따라서 그 사람을 직접 만나 진행하고 있는 연구에 대해 하나하나 캐물어야 제대로 알 수 있습니다.

이 부분이 바로 가와이 씨께서 얘기한 '듣기'와 확연히 다른 부분입니다. 가와이 씨는 처음부터 상대방이 이야기할 때까지 기다립니다. 반면 내 경우에는 철저하게 캐묻습니다. 샅샅이 미주알고주알 캐묻습니다. "그 다음에는 어떻게 진행되는가?" "그 점은 어떻게 달라지는가?" 등등, 대부분 연구자의 연구 현장으로 직접 찾아가서 실제 진행하고 있는 연구의 규모나 여러 자료를 모두 눈으로 확인합니다.

그 다음에 이것이 왜 이렇게 되고 저것은 어떤 발상을 통해 저렇게 되는 건가 등, 시간을 더욱 거슬러 올라가면서 캐묻습니다. 그 연구자가 자신의 연구를 하기까지 어떤 생애를 걸어왔으며 그 연구를 하는 데 얼마나 힘이 들었는지에 대해서도 철저히 듣습니다.

잡지에 실을 원고를 쓰기 위해서는 직접 연구자를 취재하러 가서 보통 4~5시간 동안 이야기를 듣습니다. 4~5시간으로도 부족하여 아침부터 밤까지 이야기를 들은 적도 몇 번 있습니다. 예를 들면 노벨상을 탄 도네가와 스스무(利根川進)씨를 미국까지 가서 인터뷰했을 때에는 3일 동안 매일 10시간 정도씩 이야기를 들었습니다. 그래서 인터뷰 속기 내용을 글로 옮겨놓으니 그 양이 엄청났습니다. 게다가 귀국한 다음에 그 관련 서적을 읽고 주요 내용을 정리한 작업까지 추가되었습니다.

이러한 과정을 거쳐 『정신과 물질(精神と物質)』이라는 책이 탄생했는데, 이 경우에는 IO비가 100대 1 수준이 아니라 듣기와 읽기 양쪽을 합쳐 족히 1,000대 1은 되지 않을까 생각합니다. 이 정도의 정보 확보라면 상당히 좋은 결과물을 내놓을 수 있습니다. 다만 지나치게 많은 정보를 투입할 경우 과유불급(過猶不及)의 우려가 있으므로 이 점을 주의해야 합니다만.

지난 2005년 11월 5일에 NHK에서 '사이보그 기술이 인류를 바꾼다' 라는 프로그램을 방송했습니다. 이 방송을 보지 않은 분들을 위해 설명을 좀 하면, 미국에서 2주일 동안 서부에서 동부, 북부에서 남부를 가로지르는 횡단 또는 종단을 하면서 다양한 연구 현장을 돌아보며 취재한 내용으로 만든 프로그램입니다.

사이보그 기술은 현재 인간의 체내에 다양한 기계장치를 장착할 수 있는 단계에 이르렀습니다. 보통 사람들은 사이보그라고 하면 SF소설에나 나올 법한 이야기라고 알고 있으나, 이미 현실 사회에 진짜 사이보그, 다시 말해 인체 안에 기계장치를 단 사람들이 많이 존재합니다. 몸에 장애가 있어서 이를 필요로 하는 사람들이 매우 많기 때문이기도 합니다.

오늘의 테마인 '읽기, 듣기' 와 관련해 얘기하자면, 예를 들어 듣는 데 장애가 있는 사람이 있습니다. 청각 장애에는 여러 원인이 있을 수 있습니다. 듣는다는 것은 요컨대 공기 중으로 전해진 음파가 우리 고막을 자극해서 최종적으로 뇌에 전해져 듣는 것인데, 이때 공기 중의 파동을 뇌에 전달하는 전기신호로 변환을 해야 합니다. 이 변환은 귀의 내이(內

耳)라는 기관에서 담당합니다. 변환한 신호를 뇌로 보내 뇌가 이를 이해하는 과정이 듣는 과정에 있는데, 이 중 어느 단계에서든 장애가 일어날 수 있습니다.

특히 자주 발생하는 장애는 귀의 내이에서 공기의 파동을 전기신호로 바꾸는 단계의 장애입니다. 내이에 유모세포(有毛細胞)라는 세포가 있습니다. 공기의 파동을 전기신호로 바꿀 수 있는 변환장치가 바로 유모세포입니다.

여기에서 발생하는 장애가 청각에 장애를 일으키는 원인 중 가장 많은 비중을 차지합니다. 이곳의 장애를 고치기 위해 지금 인공내이라는 장치가 나와 있습니다. 유모세포 대신에 공기의 파동을 전기신호로 바꾸는 인공적인 장치를 귓속에 넣는 것입니다.

귓속에 달팽이관이라는 달팽이 모양의 기관이 있는데 그 안에 유모세포가 있습니다. 그곳에 인공적인 전극을 넣어 유모세포가 하던 일을 인공 전기장치를 통해 음파를 전기신호로 바꾸어 뇌로 보냅니다. 그러면 뇌는 그 전기신호를 내이장치에서 보내온 신호로 인식하고 아무런 문제없이 정보를 처리합니다. 따라서 귀에 장애가 있어 소리를 들을 수 없던 사람도 들을 수 있게 됩니다.

'듣기'라는 것을 좀 다른 각도로 바라보면 듣는다는 것은 결국 뇌가 듣는다는 의미인데, 프랑스말로 '듣다'라는 동사는 '앙탕드르(entendre)'라고 합니다. 이 동사의 과거분사는 '앙탕듀(entendu)'인데 이 말은 일상생활에서 굉장히 자주 쓰이는 말입니다.

예를 들면 부모님이 아이에게 화를 낼 때, 잔소리를 주욱 늘어놓고 나서 "앙탕듀?"라고 묻습니다. "알아들었어?" "알았니?"라는 의미입니다. 어떤 부모나 잔소리를 끝내고 나면 "알았니?"라고 하지 않습니까?

이 말은 이 밖에도 일상생활에서 수없이 사용됩니다. 예를 들면 회사 상사가 부하를 나무라고 "알았나?"라고 하듯, 프랑스인들은 '앙탕듀'라는 말을 자주 사용하는 것입니다. 조직폭력단의 보스가 부하에게 이러저러한 명령을 내린 다음 "알았지?"와 같은 의미로도 '앙탕듀'를 씁니다. 이렇듯 아주 빈번히 사용되는 말입니다. 앙탕듀는 '알다' 또는 '이해하다'라는 말과 일치합니다. 다시 말해 '듣다'라는 말은 동시에 '알다, 이해하다'라는 말로, '듣기'의 본질은 '이해한다는 것'입니다.

듣는다는 것은 기본적으로 고막에 닿은 외부의 소리 파동을 물리적으로 '듣는' 것을 말합니다. 즉 소리의 파동에 실린 정보를 듣는다는 의미에서의 '듣다'를 가리키는 것이지요. 그런데 소리 파동이 전기신호로 바뀌어 그 신호가 뇌에 전달되었을 때에는 '이해한다'는 의미의 '듣다'를 가리키게 됩니다. 단순히 귀로 듣는 것과 머리로 듣는다는 것의 차이가 여기에 있는 것입니다.

뇌에 전달된 신호가 어디로 들어가는가 하면 바로 뇌의 측두엽입니다. 측두엽의 위쪽을 두정엽, 뒤쪽을 후두엽이라고 하며, 여기에 '듣기'를 처리하는 청각야(聽覺野)라는 곳이 있어 여기로 신호가 들어옵니다.

다음으로 '읽기'라는 것은 눈으로 보는 것입니다. 글자를 눈으로 '봅니다'. 이 역시 최종적으로는 단순히 우리 뇌의 시각야(視覺野)에 활자의 영상이 맺혔다고 해서 그것을 읽었다고 하는 것이 아니라, 뇌에서 이해했을 때 비로소 진정한 의미에서 '읽었다'고 하는 것입니다.

이러한 정보처리는 어디에서 이루어질까요? 먼저 눈으로 글자를 읽습니다. 읽은 글자가 망막에서 전기신호로 바뀝니다. 그것이 눈과 뇌 사이에 있는 약 100만 개 정도의 신경선유(神經線維)를 통해 뇌에 전해져 후두엽으로 들어갑니다. 청각을 통해 들은 것은 측두엽에 들어가는데 최종적으로 '이해하는' 정보처리는 두정엽에서 합니다. 여기에서 여러 감각기관을 통해 뇌로 들어간 정보가 통합됩니다. 통합됨으로써 비로소 '이해하는' 단계에 이르게 됩니다.

'이해하기' 위해서는 단순히 소리를 듣고 그 소리의 신호가 뇌에 도착하는 것만으로는 안되며, 다른 통로로 전해진 여러 가지 정보 또는 그 사람의 머릿속에 있는 기억 등이 모두 합쳐져 비로소 '이해하는' 단계에 이릅니다. 이 단계에 이르렀을 때에야 비로소 앞에서 언급한 '앙탕듀' 의 세계를 맛보게 됩니다.

따라서 '듣기' 의 첫 단계는 단순히 외부의 물리적 신호를 전기신호로 바꾸는 것입니다만, 여러 가지 정보를 하나로 모아 동시에 처리함으로써 비로소 '이해하기' 영역으로 들어가는 것입니다.

본래의 청각장치, 자연의 청각장치를 상실한 사람, 자연상태의 귀로 듣고 이해할 수 없었던 사람들에게 인공내이를 이식하면 그때까지 전혀 몰랐던 세계, 귀에서 뇌로 전달되는 신호경로가 갑자기 활성화됩니다. 그 사람 주변은 언제나 소리로 가득했지만 변환장치 이상으로 그때까지 모든 소리가 차단되어 있었던 것입니다. 그러나 인공내이를 장착함으로써 물리적 신호가 한꺼번에 전기신호로 전환되어 뇌로 전달됩니다.

현재 인공내이가 얼마나 중요한지에 대한 이해가 확산되면서 신생아에 대한 귀 검사가 전국적으로 실시되고 있습니다. 이 검사를 통해 귀에 이상이 발견되면 즉시 원인을 조사해서 인공내이가 필요할 경우에는 갓난아이 때 인공내이를 이식하도록 권장하고 있습니다.

어린아이들에 대한 인공내이 장착 수술은 현재 많이 이루어지고 있습니다. 국가 보조도 많고 보험도 적용되고 있어 매우 저렴하게 수술을 받을 수 있습니다. 어느 정도로 수술비용이 저렴한가 하면 부모의 부담은 몇백 엔 정도입니다. 현재 청각에 이상이 있는 아기가 태어났을 때 그대로 둘지, 수술을 할지의 선택은 부모에게 달려 있습니다.

한 살 반 된 아이에게 인공내이를 이식한다고 해서 그 장치가 곧바로 활동을 시작하는 것은 아닙니다. 갖가지 조정과 훈련 과정이 필요합니다. 제가 그 현장을 직접 보았는데, 그 아이에게 인공내이를 이식한 후 스위치를 넣습니다. 그러면 외부에서 발생한 소리가 신호로 바뀌어 아이의 머리로 전달

됩니다. 여러 가지 테스트를 실시하게 되는데 작은 소리에서부터 조금씩 여러 소리를 들려주기 시작합니다.

소리의 신호를 들어본 적이 없는 그 아이는 갑자기 자신의 머리에 들어온 소리의 신호에 놀랄 수밖에 없을 것입니다. 정상적인 사람들은 태어나면서부터 자연스럽게 신호를 받아들여 왔기 때문에 귀에서 신호가 오고 머리로 들어가는 것에 아무런 이상을 느끼지 않습니다. 그러나 소리에 대해 전혀 모르는, 음성세계와는 상관없이 살아온 사람의 귀에 어느 날 갑자기 소리의 신호가 들어와 뇌에 전달되었을 때에는 굉장히 놀라게 됩니다.

우리는 보통 소리가 났을 때 소리가 난 곳을 향해 고개를 돌립니다. 이는 소리와 공간의 음파 전달방식에 대해 이해하고 있기 때문입니다. 하지만 태어나면서부터 소리와 단절된 세계에서 살아온 아이는 그것이 무엇인지 모릅니다. 전혀 모르는 상태에서 갑자기 신호가 들어온 것이므로 처음에는 많이 놀랍니다. 여러 소리를 들려주면 그 소리를 들을 때마다 놀란 표정이 역력하며, 대체 무슨 일이 일어나고 있는 것인지 궁금해 합니다. 한동안 여러 가지 소리를 들려주면서 소리 신호의 강약을 조절하기도 하는, 그런 현장을 견학할 수 있었습니다.

어느 날 그 아이가 소리라는 것에 대해 확실히 알게 되면 바로 '앙탕듀'의 세계로 입성합니다. 단순히 소리의 신호가 들어오는 단계가 아니라 그것이 무엇인지 '이해하는' 순간이 온 것입니다. 그것은 표정으로 알 수 있습니다. '그렇구나, 알겠어' 하는 얼굴이었습니다. 이는 진정 '듣다'가 '들어서 이해하다'의 단계로 들어선 순간이었습니다. 영어에서 'hear', 단순히 귀에 들어오는 소리를 '듣는' 단계에서 '이해하는' 단계로 바뀐 것입니다. 소리가 무엇인지 완전히 이해한 것입니다.

아이가 소리에 대해 완전히 이해했다는 것을 언제 알았는가 하면, 바로 북을 칠 때였습니다. 작은 북과 북채로 구성된 장난감 기억나시죠? 그 아이는 귀가 잘 들리지 않지만 어려서부터 이 장난감북을 자주 가지고 놀았다는 말을 부모로부터 들었기 때문에 북을 훈련에 이용했습니다. 그 북은 아이의 집에 있는 북이 아니라, 병원 진찰실에 있던 갖가지 소리를 내는 북이었습니다.

북을 아이에게 건네준 다음, 먼저 선생님이 둥둥 치자 아이는 전혀 이해하지 못하고 깜짝 놀라는 얼굴을 합니다. 갑자기 머릿속에 무슨 신호가 들어왔기 때문입니다.

그러고 나서 선생님이 북을 아이에게 건네주자 아이가 북을 치기 시작했습니다. 북을 둥둥 치는 동안에 자기 행동이 귀에 들리는 신호와 관련이 있다는, 동시발생적이라는 사실을 이해하기 시작합니다.

이를 이해하자 아이는 더욱 신나서 북을 칩니다. 자신의 신체 운동이 머리에 즉각즉각 반응을 보냅니다. 소리라는 것이 바로 이런 것이구나 하고 자신의 손운동과 귀에 들리는 신호의 강약, 그것이 피드백하는 회로가 이어지는 찰나에 '아, 알았다!' 하고 이해한 것입니다.

다시 말해 인간이 여러 가지를 이해하기 위해서는 어떤 형태로든 피드백 회로가 만들어져서 자신의 행동 · 행위의 결과가 자신에게 되돌아오게 할 필요가 있습니다. 외부에 대한 자극의 강약이 자기에게 들어오는 신호의 강약에 그대로 반영된다는, 그러한 즉물적인 사실관계의 확인이 소리뿐만 아니라 더 넓은 의미에서도 확인되었을 때 비로소 '이해하는' 단계로 들어서게 됩니다.

'듣기'에서 중요한 또 한 가지는 바로 언어를 언어로서 이해할 수 있다는 것입니다. 일반적으로 태어나면서부터 소리가 들리지 않는 아이의 정신적 발달은 늦됩니다. 사실 언어의 세계로 들어와 언어라는 것을 자유자재로 자신의 도구로 사용함으로써 인간의 지성, 인류 역사 그 자체가 급속하게 발달했습니다. 언어를 언어로 사용한다, 이를 할 수 있느냐 없느냐에 따라 대단한 발달을 이루거나 뒤처지거나 하는 결과를 가져옵니다. 그러나 소리를 듣지 못하는 사람이라도 수화(手話)로 말을 할 수 있으면 마찬가지로 급속한 지적 발달을 이룰 수 있습니다.

소리를 듣지 못하는 경우 수화를 하지 못하면 발달이 늦되는 이유는 언어 세계에 진입하지 못하기 때문입니다. 언어 세계로 들어가기 위해서는 무엇이 필요할까요?

앞에서 언급한 피드백 회로가 자신의 음성기관, 다시 말해 자신이 소리를 내고 이렇게 하면 이런 소리가 난다고 이해했을 때, 그것이 귀에 들리는 것입니다. 소리내는 방법을 바꾸면 귀에 들리는 소리의 내용이 변화합니다. 그리고 어떤 특수한 소리의 패턴이 언어라는 모습을 갖추면서 이를 통해 내실 있는 커뮤니케이션이 가능해집니다. 이로써 인간의 지(知)의 세계는 발전할 수 있습니다.

이러한 언어의 세계에 편입하느냐 못하느냐 하는 것은 매우 중요한 문제입니다. 소리를 듣지 못하는 사람이라도 수화를 할 수 있으면 그 사람의 지적 능력은 비약적인 발전을 합니다. 다소 시간의 차이는 있지만 소리를 듣지 못하더라도 지적인 업무를 하는 사람은 아주 많습니다. 이는 언어를 알고 있기 때문에 가능한 것으로, 언어를 갖는다는 것은 그만큼 중요한 것입니다.

여러 방법을 통해 뇌의 움직임을 조사해 보면, 특히 MRI(자기 공명 단층 촬영 – 옮긴이)나 PET(양전자 방사 단층 촬영 – 옮긴이) 같은 장치를 통해 살펴보면, 뇌의 어느 부분이 어떻게 움직이는지 실시간으로 알 수 있습니다. 예를 들어 손을 잃고 로봇 손을 사용하는 사람들을 조사해 보면 그 사람의 뇌의 움직임이 조금씩 변하고 있음을 알 수 있습니다.

이를 뒷받침하는 뇌를 찍은 동영상이 있습니다. 손을 잃고 로봇 손을 장착한 사람의 뇌 영상입니다. 그 사람은 자신의 로봇 손을 머리에서 출력한 신호로 움직입니다. 모든 인간은 머리로 손을 움직입니다. 손의 어느 부분을 어떻게 움직일지 세세한 것까지 생각하지 않아도, 이렇게 움직이겠다고 생각만 하면 손은 자연스럽게 움직입니다.

이와 마찬가지로 그 사람은 로봇 손을 머리로 움직이는 것입니다. 생각만 하면 목적에 맞춰 손이 자연스럽게 움직입니다. 그러나 처음에는 그렇지 않았다고 합니다. 손의 이곳을 이렇게 움직여 보자, 저곳을 이렇게 움직여 보자, 등 동작 하나하나를 세세하게 생각하고 노력해서 움직여야 했다고 합니다. 하지만 계속 훈련하면서 익숙해지자, 굳이 생각하지 않아도 자연스럽게 움직일 수 있었다고 합니다. 처음 로봇 손을 사용했을 때와 익숙해진 다음의 뇌의 움직임은 확연히 달라졌습니다.

처음 로봇 손을 장착했을 때 뇌의 움직임을 단층 촬영한 사진을 보면, 빨간 부분이 혈류가 많은 곳입니다만, 뇌 전체가 새빨갛습니다. 로봇 손에 익숙해진 사진을 보면, 자연스럽게 빨간 부분이 줄어들어 극히 일부분만이 빨간색을 띠고 있습니다.

우리는 별 의식 없이 손을 사용합니다만, 사실은 뇌에서 엄청난 일을 해주고 있는 것입니다. 그와 똑같은 일을 해주는 로봇 손을 만드는 것이 거의 불가능할 정도로 인간의 뇌는 중요한 작용을 하고 있습니다.

일단 손을 잃고 나면 거기에 로봇 손을 장착해도, 그리고 거기에 여러 신경을 이어붙여도 그 손을 즉시 마음대로 움직이지 못합니다. 어떻게 움직이는지 모릅니다. "어떻게 해야 돼?" 당황한 나머지 머릿속이 빨갛게 변하는 것입니다. 하지만 이에 익숙해지면 자신의 손을 사용하듯 같은 부분만 움직이게 됩니다. 그러면 손을 사용하는 운동영역에서 손 운동을 통제하는 부분만이 활성화되는 단계에 이르게 됩니다.

이와 마찬가지로, 수화를 통해 언어를 갖게 되자마자 머리의 움직임은 획기적인 변화를 보이는데, 그때 무슨 일이 일어날까요? 인간은 태어나면서부터 머릿속에 언어를 구사하기 위한 기본적인 장치가 자리하고 있습니다. 이 장치의 작용으로 보통 사람은 성장하면서 외부에서 소리가 들어옴과 동시에 스스로 소리를 내보고 자신의 음성 출력 · 음성 입력이라는 피드백 회로를 만들어서 언어를 구사하는 세계로 원활하게 진입해 갑니다.

그런데 소리를 듣지 못하는 사람은 언어의 연락로가 무슨 이유에서인지 차단되어 있습니다. 그래서 그 회로 전체가 마치 죽음과도 같은 상태에 놓입니다. 만약 수화를 하면 귀를 통해 들어오는 음파가 아닌, 음파로 소리를 듣고 그것을 통해 언어를 해석하는 보통 회로가 아닌, 수화만의 독특한 회로가 작동합니다. 이 독특한 회로가 언어를 조작하는 인간의 기본 능력을 관장하는 뇌와 이어주는 것입니다.

수화를 통해 언어를 배운 사람들 가운데 실로 많은 사람이, 언어를 배운 순간 자신의 머릿속이 어떻게 변했는지에 대해 글로 남겼습니다.

언어를 배운 순간 그들은 어둠의 세계에 갑자기 서광이 비치는 느낌을 받았다고 합니다. 다시 말해 언어를 조작하는 능력을 가지고 태어났으나 지금까지는 마치 죽은 듯이 작동하지 않다가 수화를 사용함으로써 이전에는 결코 맛볼 수 없었던 세계가 갑자기 그들 눈앞에 펼쳐지는 것입니다. 이때 무엇과도 견줄 수 없는 감격을 맛보았다는 체험담은 넘치게 나와 있습니다.

수화를 하게 되면 뇌의 언어 영역에서 보통 사람이 목이나 귀를 통해 움직이는 부분과 같은 부분이 움직입니다. 이는 앞에서 언급한 로봇 손을 사용할 때 나타난 뇌의 변화와 매우 닮아 있습니다. 본래 자기 손을 사용하기 위해 있었던 신호계가 차단되었다가 그 결합이 다시 이루어졌을 때 같은 부분이 움직인 것과 마찬가지로 뇌의 언어 영역이 움직이는 것입니다.

본래 있던 언어를 조작하는 능력이 돌연 마치 예전부터 그래왔다는 듯이 움직이기 시작합니다. 그때가 바로 앞에서 말한 '이해하는' 세계로 진입한 시점입니다. 진정으로 '듣는다는 것'은 이해하는 '앙탕듀'의 세계로 진입하느냐 못하느냐에 따라 판가름이 납니다.

나머지 이야기는 세 사람의 대담에서 계속할 수 있을 것입니다.

| 앤 솔 러 지 |

책 읽는 사람은

책 읽는 사람은

__다니카와 순타로__

책의 성벽

완만하게 구불대는 초원에 구불구불 성벽이 꼬리를 잇고, 다가가 그 성벽을 보니 그것은 책으로 가득한 책장이다. 기묘하게도 책은 전부 제목 있는 쪽이 안쪽을 향하고 있다. 집어들면 너덜너덜하게 부서져 내릴 듯 오래된 가죽 표지의 책이 있다. 지금 막 출판된 듯 아직 띠를 두른 책도 있다. 임시로 철해 놓은 얄팍한 팸플릿인 듯한 책이 있다. 아트지로 만든 두툼한 책이 있다. 판형도 제본도 제각각인 이들 책이 대체 몇억 권이나 있는지 가늠할 수가 없다. 여기가 대규모 옥외 도서관이라는 생각은 어리석기 짝이 없다. 사서의 모습은 어디에도 없으며 열람자는 그림자도 찾을 수 없다, 책장의 높이는 사람 키의 여섯 배는 훨씬 넘을 듯하므로 이 책의 성벽 안쪽에 무엇이 있는지는 상상에 맡길 수밖에 없다, 멀리서 바람을 타고 단조로운 군악대 북소리가 들려온다, 어디에선가 앵무새로 보이는 새 한 마리가 날아와 책장 꼭대기에 내려앉았다, 불안한 듯 주위를 둘러보며 그 새는 날카로운 외침을 뱉어낸다, 사람 말을 흉내낸다는 것은 알지만 그 의미는 알 수가 없다, 누가 쳐들어온다는 경고의 말인 것 같기도 하고, 책의 성벽을 지키고 있는 자에 대한 조소인 것 같기도 하지만, 수많은 책의 더 이상 검색할 수도 없는 어느 한 페이지에 그에 대한 내용이 숨어 있다고 생각해도 될까?

—『멜랑콜리한 뱃놀이(メランコリーの川下り)』 중에서

신문

오늘 아침에 또 신문이 온다
그런 생각을 하자 그는 울고 싶어졌다
어디 먼 높은 산에서
커다란 독수리가 날아와
그 날개로 안아줄 것 같은 기분
아 내일 아침에도 신문을 읽자
새 잉크의 냄새를 맡으면서

신문에 실린 것이라면
어떤 내용이라도 그는 무척 좋아한다
살인기사를 옛날이야기처럼 읽고
주가상승을 낯간지러워하고
쿠데타에 상기되면서
세계의 끝없는 잔인함을
변기에 앉아 마음껏 맛본다

—『그저 그런 노래(よしなしうた)』 중에서

굶주림과 책

몇만 명이나 되는 인간이 무리를 지으려 하고
책 한 권 없는 곳이 있다
사람이 한 사람밖에 없고
몇만 권이나 되는 책이 있는 곳이 있다
다 읽으면 먹을 수 있는
책이 있어야 한다고 존은 말하지만
굶주려 있으면 읽기도 전에 먹어치울 것이다
내가 있고 싶은 곳은 깎아지른 절벽 위
그곳에 책 한 권만 가져가
소리내어 읽는다
바다와 하늘에게 인간이 쓴 책이라는 녀석을
읽어준다

—『시를 보낸다는 것은(詩を贈ろうとすることは)』 중에서

물을 읽는다

30여 년 전까지만 해도 그를 위한 잘 다듬어진 검은 석판이 있었으나, 지금은 그저 평범한 판유리를 쓴다. '미라카'라는 점쟁이 남자는 이렇다 할 장식 없는 흔한 나무기둥에 판유리를 세우고 옆에 있는 토기에다 길어온 물을 담는다. 이 물에 오른손을 담갔다가 뭐라고 외치며 손에 묻은 물을 판유리에 세차게 내리치듯 뿌린다. 물은 판유리 표면에 흩어져 선을 그으며 방울방울 아래로 떨어진다. 미라카는 그 물방울의 수, 모양, 떨어지는 속도 등을 읽는 것 같다.

물을 읽으면서 그는 계속 신음소리를 낸다. 의미가 있는 말도 아니고 의성어도 아닌 그 소리는 물방울 각각의 움직임과 싱크로나이즈를 연출하며 마치 그것을 음성화하는 듯이 들린다. 당연히 불규칙하나마 리듬을, 다소나마 억양을 가지고는 있으나 노래라고 할 만큼 잘 정돈된 형태를 띠고 있지는 않으며, 주변 사람들이 따라 부르지도 않는다.

미라카의 이런 상태는 판유리 위에 있는 물이 완전히 증발할 때까지 계속된다. 물이 다 마른 다음 물에 있던 불순물로 만들어진 유리 위의 흔적은 그가 읽는 대상이 아니다. 그는 그저 물이 대기 중으로 사라지기를 기다릴 뿐이다. 점괘는 마지막에 매우 간결한 두 단어 중 하나로 나온다. 그가 '하'라고 하면 긍정을 의미하고 '네'라고 하면 부정을 의미한다.

마라카에게 점을 보러 오는 사람은 긍정이든 부정이든 둘 중 하나로 대답할 수 있는 질문만을 할 수 있다. 답을 얻은 다음 미라카는 판유리를 정성스럽게 핥는다. 이는 다소 우스꽝스러운 광경이다. 그러고 난 다음 그는 의뢰자가 가져온 표주박 같은 그릇에 소변을 본다. 이 소변은 의뢰자 및 그 가족의 사유물이 되며 이 지방에서 종종 발생하는 공수병(恐水病)의 특효약으로 음용된다고 하는데, 그 효과는 미지수이다.

미라카는 점을 쳐준 대가로 통상 닭 세 마리를 받는다.

더구나 점을 치기 전 3일 동안 미라카는 일체의 수분을 섭취하지 않는다. 액체는 물론이고 수분이 포함된 음식도 섭취하지 않으므로 사실상 단식에 들어간다고 할 수 있으며, 게다가 그는 단식하는 동안 소변도 볼 수 없다고 한다. 보통 때 소변을 '노시리'라고 하지만, 점을 친 다음 미라카의 소변은 '야메시나리'라고 해서 둘을 분명하게 구분한다.

메 모

a. 미라카가 속해 있는 사회는 무문자(無文字) 사회. 물방울을 통해 문자를 연상해 낼 수는 없다.

b. 예를 들면 로르샤하 테스트(Rorschach test, 잉크의 얼룩처럼 그려진 그림들을 보여주면서 느낌을 설명하게 하여 그 사람의 성격이나 고민 등을 판단하는 정신상태 진단법 – 옮긴이)처럼 물방울 모양으로 현실 또는 환각 상태에서 어떤 다른 형태를 연상해 내는 것? 미라카에게 실시한 이 테스트에서 반응수가 매우 낮은 것으로 보아 부정적.

c. 물방울이 판유리 위에서 아래로 하강함에 따라 그의 의식 역시 의식의 아래로 향한다? 이러한 사고방식은 다소 이치에 맞지 않는다.

d. 미라카의 표정을 보면 그가 일종의 최면상태에 있음을 알 수 있다. 3일 동안 수분을 섭취하지 않아서 그는 분명 엄청난 갈증을 느꼈을 것이므로 물에 대한 갈망이 그를 황홀경으로 이끈다?

e. 우선은 물을 '읽는다' 고 표현하였으나, 미라카가 시각뿐만 아니라 청각, 후각, 촉각 등 온 몸과 마음에 있는

감각을 분화시키지 않고 하나로 통합하여 이를 바탕으로 한층 깊이 자리한 감각을 움직이려는 것은 분명하며, 우리는 이를 상상력이라고 부르고는 있지만 아마도 극한에 가까운 상태일 것이다.

f. 이럴 경우 이 물을 무엇이라고 불러야 하는가? 좀 기묘한 용어지만 '초월적 정보원'이라고 부르는 것은 어떨까?

g. 영혼의 수화(水化)? 다시 말해 물의 영혼화? 미라카는 궁극적으로 물이 되려고 한다. 그럴 경우 이 물은 현실에 존재하는 물방울을 의미하는 것이 아니다. 그것은 대기에 떠 있고 땅을 촉촉하게 하고 식물이 흡수하고 동물이 마시며 습기가 되기도 하고 강이 되기도 하며 구름이 되기도 하는 물의 모든 사이클, 계속 모습을 바꾸며 멈추지 않는 물의 움직임 그 자체인 것이다.

h. 태고에 처음 형성된 물분자 하나, 그것은 지금도 여전히 존재한다?

i. 미라카의 신음소리는 물의 움직임을 혀나 목구멍의 움직임으로 번역(?)하는 것으로, 시각보다 훨씬 직접적인 형태로 물을 체내로 불러들이거나 영혼을 밖으로 내보내 물과 동화시킨다. 이 둘은 아마도 동일한 하나의 행

위라고 할 수 있다. 음악의 시작은 시의 시작?

j. 그가 자신을 물에 집중시키고 있을 때, 그 자신은 동시에 외부세계로 끝없이 펴져나가고 있는 것은 아닐까? 매개체로서의 자신.

k. 사실상 3일 동안 지속되는 단식은 옛날에는 훨씬 길었을 가능성이 있다. 점을 친 다음 몇몇 미라카가 사망한 적이 있다는 이야기가 민간에 전해지고 있다.

l. 미라카가 사용하는 물은 특별히 마련된 물이 아니라는 점에 주의. 강물, 우물물, 빗물 등 어떤 물이든 이용하였다. 오늘날에는 병에 든 청량음료수를 사용하는 예도 있다고 한다.

m. 물은 은유가 아니라는 점, 상징도 아니라는 점, 물은 우리의 현실 그 자체라는 점. 또는 물을 가능한 한 현실로 이끌려는 시도가 바로 점치는 행위라고 생각할 것.

n. '하' 또는 '네'가 정말 답일까? 사실 답은 어느 쪽이든 상관없다. 우주를 상대로 한 유희…….

— 『일본어의 카탈로그(日本語のカタログ)』 중에서

숲에게

읽는 사람의 눈은

꿈틀거리는 문자의 숲을 헤집고 들어간다

읽는 사람의 귀는

페이지마다 가만히 내리는 빗소리를 듣는다

읽는 사람의 입은

반쯤 벌어진 채 할 말을 잃고

읽는 사람의 손은

어느새 주인공의 팔을 잡고 있다

읽는 사람의 발은

돌아가려다 이야기의 미로에 길을 잃고

읽는 사람의 마음은

어느덧 보이지 않는 지평선을 넘는다

바람

잡목 숲
낙엽 위
외발 등나무 의자
당신은 그곳에 앉아 있었다
그날

다리를 꼬고
무릎 위에 책 한 권을 펼치고
고개를 약간 기울인 채
당신은 책을 읽고 있었다
부드러운 가을 햇빛을 받으며

그리고……
문득 얼굴을 들어 나를 향한다
그러나 당신은
나를 보고 있지 않았다
오늘 색 바랜 사진 속에서

당신은 젊은 모습 그대로

나이든 나를 응시한다

그리고 나는 읽는다

그날 당신이 보고 있던 세계를

나도 보고 싶다는 바람을 계속 가져보면서

재가 되는 기쁨

비탈길 아래 사거리에서
분리수거된 쓰레기가 비에 젖는다

어제까지만 해도 책이었던 것이
지금은 비에 젖은 종이 덩어리

방금 전까지 활자였던 것이
지금은 의미 없는 그저 검은 얼룩

그러나 책은 기억한다
처음 펼쳐지던 순간의 두근거림

페이지라는 밭에 뿌려진 씨앗이
소녀의 마음속에 가만히 싹트기 시작한 순간

책은 자신이 언젠가 재가 되어
영혼의 열매를 맺는 양분이 되리라는 것을

담담한 체념과 기쁨 속에

예감하고 있었다

사랑에 빠진 남자

연인의 짓궂은, 미소 띤 얼굴의 의미를 알 수 없어서
그는 연애론을 읽는다
펼쳐든 페이지 위에 있는 사랑은
향도 감촉도 없지만
의미들로 넘쳐난다

그는 책을 덮고 한숨을 짓는다
그러고 나서 유도 연습시간에 맞춰 나간다
'상대의 움직임을 읽어!'
코치의 질타가 날아든다

그날 밤 연인에게 키스를 거절당하고 그는 생각한다
이 세상은 읽어야 하는 것투성이야
사람의 마음 읽기에 비해
책 읽기는 누워서 떡먹기군

그러나 언어가 아닌 것을 읽어내기 때문에 비로소

사람은 언어를 읽어낼 수 있는 것이 아니던가

그는 다시 연애론을 펼쳐든다

한숨을 쉬면서

콘돔을 서표(書標) 대신 삼아

이야기의 미래

활자로 이어진 줄은
집집마다 뚫고 지나
단풍든 고개를 넘어
어딘지 모르게 퇴색한 해변에 이르러
대양을 건너
가본 적 없는 이국으로
소년을 이끈다

전병을 씹으며
그는 천년의 시간을 거슬러
왕녀를 아내로 맞아
장검을 휘두르며 싸워
자손들이 지켜보는 가운데 임종을 하고
이번에는 먼 미래의
다른 혹성 사람으로 태어난다

그러나 그 별에는

이미 책이란 존재하지 않는다

사람들이 발하는 텔레파시 기운에 싸여

혹성은 장밋빛으로 빛난다

소년은 책을 덮고 생각한다

나는 새하얀 페이지가 될 수 있을까

읽어본 적 없는 이야기를 위한

책과 나무

책은 아름다운 포장지
세상을 포장해서 당신에게 보낸다
무엇보다 소중한 선물로

페이지를 넘기는 일은
포장을 푸는 것
때로는 거칠게 뜯는 것

그러나 눈앞에 등장한 세상의 나신(裸身)을
당신은 끌어안을 수 있을까

책 한 권을 위해
저렇게 많은 나무가 베어진 뒤에

—『샤갈과 나뭇잎(シャガールと木の葉)』 중에서

밤의 라디오

나는 납땜용 인두를 들고 1949년에 제조된 필코 라디오를
만지작거린다
진공관은 뜨거워지면서 끝끝내 완강히 침묵을 지키고 있
으나
나는 아직 생생한 그 체취에 빠져 있다

어찌해 귀는 자신의 능력 이상으로 듣고 싶어하는가
그러나 지금은 너무 많은 것이 들려오는 듯하니
내게는 고장난 라디오의 침묵이 반가운 소리다

라디오를 만지작거리는 것과 시를 쓰는 것 중 어느 쪽이
더 중요한지 잘 모르겠다
시와 아직 인연을 맺지 않았던 소년시절로 돌아가
다시 한 번 먼지 많은 자갈길을 걷고 싶으나
나는 잊고 있다
마치 그럴 시간 따위 없다는 듯이 여인도 친구도

다만 더 많이 듣고 싶다 더 많은 것을 들을 수 있다고
나는 숨을 죽이고 귀를 곤두세웠다
소나기구름이 몰려오는 여름 하늘에
가족이 모이는 너저분한 거실의 웅성거림에

삶을 이야깃거리로 요약해 버리는 데 반기를 들며

—『세상물정에 어두워(世間知ラズ)』 중에서

모차르트를 듣는 사람

모차르트를 듣는 사람은 아기처럼 몸을 둥글게 말고
그의 눈은 말려올라간 벽지를 푸른 하늘인 양 떠돈다
마치 보이지 않는 연인이 귓가에 속삭이는 듯

선율은 물음 하나를 던지며 그를 괴롭히지만
그 물음에 그는 대답을 할 수 없다
왜냐하면 스스로 금방 답을 말해 버리므로
언제나 그를 내버려둔 채
너무나도 무심히 온 세상을 향하는 다정다감한 이야기
이 세상 어디에도 없을 부드럽기 그지없는 애무
결코 이루지 못할 잔인한 예언
모든 no를 거부하는 yes

모차르트를 듣는 사람이 일어난다
어머니와 같은 음악과의 포옹을 풀고
대답할 수 있는 물음을 찾아 저잣거리를 향해 계단을 내려간다

—『모차르트를 듣는 사람(モーツァルトを聽く人)』 중에서

음악 앞의……

이 고요는 몇백 명의 심장의 고동으로 가득하다
이 고요로 무엇보다 소중한 그날 밤 추억이 살아난다

이 고요에 시간을 초월한 나무들의 수다가 감춰져 있다
이 고요를 당신이 알고 있듯 모차르트도 알고 있었다

이 고요 역시 시대의 웅성거림 속에서 태어났으나
이 고요를 어떤 권력도 깨뜨릴 수 없다

이 고요를 우리는 사랑하는 죽은 자들과 나눈다
이 고요를 앞으로 태어날 자들을 위해 바친다

커다랗고 아름다운 나무상자 우주에서 잠시 후 우리는 천진무구한 아이
날아다니는 음표와 노닐며 선율의 급류를 헤엄치고 화음의 숲에서 쉬며

트레몰로를 치는 손가락에 간지럼을 느끼고 아다지오를 치는 손에 안겨
언젠가 미지의 영혼의 지평으로 이끌려 간다

음악은 인간이 음악을 사랑하는 것보다 훨씬 깊이 인간을 사랑해 준다
서로 다투는 인간의 역사를 뒤로 하고 오늘 우리는 잔을 든다

이 고요로 음이 탄생하고 이 고요로 음은 돌아온다
이 고요를 통해 듣는다는 것이 시작되고 이는 결코 끝나지 않는다

—『샤갈과 나뭇잎』 중에서

그 사람이 노래를 부를 때

그 사람이 노래를 부를 때
그 목소리는 멀리서 들린다
웅크린 한 노인의 추억에서
헛되이 죽은 많은 태고적 메아리에서
서로 싸우는 곳곳의 틈바구니에서
그 목소리는 들린다

그 목소리는 훨씬 멀리서 들린다
아주 먼 옛날 바다의 깊은 물결 속에서
쌓이는 내일의 눈에 자리한 고요 속에서
그 사람이 노래를 부를 때
잊고 있던 기도의 무거운 속삭임 속에서
그 목소리는 들린다

그 목소리는 쉬지 않는 깊은 우물
그 팔은 보이지 않는 죄인을 꼭 껴안는다
그 다리는 채찍처럼 대지를 때린다

그 눈은 빛의 속도를 따라잡고
그 귀는 아직 태어나지 않은 아기의
아주 작은 발소리에 귀를 기울인다

그 사람이 노래를 부를 때
한밤중 본 적 없는 아이의
한 방울 눈물은 나의 눈물
어떤 말로도 안타까움이 가시지 않을 때
한마디 분명한 대답이 들린다
그러나 노래는 또다른 새로운 수수께끼의 시작

각 나라들의 경계를 넘어 사막을 넘어
고집스런 마음 움직이지 않는 몸을 넘어
그 목소리는 멀리까지 닿는다
미래로 미래로 그 목소리는 닿는다
세상에서 가장 불행한 사람에게까지
그 사람이 노래를 부를 때

—『가슴 덜컥(どきん)』 중에서

| 심포지엄 |

읽기의 힘, 듣기의 힘

읽기의 힘, 듣기의 힘

책과의 만남

다니카와 : 오늘 사회를 보게 되었습니다. 저는 이야기를 하는 것보다 듣기를 더 잘하는 사람이어서 이렇게 두 분의 이야기를 듣는 것이 마음 편합니다.

오늘의 주제인 '읽기, 듣기'의 영역이 굉장히 넓기 때문에 어떻게 이야기를 좁혀서 진행해야 할지 참으로 곤혹스럽습니다만, 다치바나 씨가 IO비, 인풋(Input)과 아웃풋(Output)의 비율, 입력과 출력의 비율에 대해 말씀해 주셨는데, 저는 처음 듣는 용어이기도 해서 매우 흥미로웠습니다.

다치바나 씨의 경우에는 엄청난 양의 책과 굉장히 많은 사람들의 이야기를 접하는 분이어서 '인풋' 이 1,000이 되기도 하고 때로 몇천이 되기도 할 것입니다. 이를 바탕으로 '아웃풋' 이 1이 되었을 때 바람직한 작업이 될 수 있다고 하셨는데, 저는 그때 제가 쓰는 시에 대해 생각했습니다. 제가 '인풋' 하는 것은 무엇일까? 가와이 씨도 시에 대해 잠시 언급하셨는데, 저는 어쩌면 '인풋' 이 0일지도 모르고 어쩌면 무한대일지도 모른다는 생각이 들었습니다.

분명 살아 있으니 항상 무언가를 '인풋' 하고 있습니다만, 책을 많이 읽고 그것을 바탕으로 시를 쓴다는 것은 제게는 그리 효과적이지 않습니다. 물론 책을 많이 읽고 좋은 시를 쓰는 분도 있습니다만, 책을 통해 시가 탄생한다는 것은 말하자면 시인에게는 경멸의 말이 되기도 합니다. 다시 말해 책만 파고드는 시인은 교양삼아 시를 쓰는 사람이라고 낮춰 보는 시선이 있습니다.

시라고 하는 것은 책이나 교양보다는 의식의 저변에 자리한 것으로, 뭔가 말로 표현할 수 없는 것이 '인풋' 되어 이를 말로 옮기는 것입니다. 따라서 뭔가 말로 표현할 수 없는, 의식화의 혼돈과도 같은 것을 '인풋' 하여 이를 언어로 '아웃풋' 하는 것이 시가 아닐까 생각합니다.

그러나 이 혼돈이라는 것은 일상생활의 아주 흔한 것을 통해, 물론 읽은 책을 통해, 자신이 좋아하는 음악을 통해, 읽은 소설을 통해, 자연의 풍경을 통해, 모든 것이 '인풋' 되는 것입니다. 저는 이와 같은 '인풋' 을 머릿속에서 처리한다고 생각하였으나, 아무래도 머릿속에서만 처리하는 것은 아닌 듯합니다. 또 하나, 몸도 이 처리에 관여하고 있는 것은 아닐까 생각합니다.

특히 시의 경우 본래 문자가 없던 시대부터 전세계에 시의 형태가 있었기에, 기본적으로 시는 반드시 문자일 필요는 없는 것입니다. 오히려 시는 소리에서 출발하였으며 이를 더욱 거슬러 올라가면 짐승의 포효나 새들의 재잘거림까지도 시에 포함시킬 수 있습니다.

이런 시각으로 보면 시라는 것은 제법 멋지게 보입니다. 뭔가 무한대의 '인풋' 을 통해 다섯 줄 남짓한 시를 쓸 수 있고 원고료로 5,000엔이나 받을 수 있으니 좀 뻔뻔하지 않나요? (웃음)

그런 면에서 저는 정말 책을 읽지 않습니다. 너무 읽지 않아 반성도 하지만 말입니다. 이는 앞에서도 언급한 적이 있습니다만, 우리 세대 중 아마 읽지 않은 사람이 거의 없을 정도인 도스토예프스키를 저는 50대에 접어들어 처음 읽었습니다.

대단한 작품이라는 생각은 들었습니다만, 친구들 중에는 어려서부터 판타지나 이야기책을 좋아해서 집에 틀어박혀 읽고 또 읽으면서 책만 끼고 사는 친구가 주변에 꽤 있었는데, 저는 그렇지는 않았습니다.

그리고 제 전처는 제2차 세계대전 후 물자가 부족하던 시절에 어린 시절을 보낸 사람으로, 오래된 신문지를 화장지로 사용했습니다. 그녀는 초등학교 때부터 화장실에 가면 화장지로 갖다놓은 오래된 신문지를 반드시 읽을 정도로 무언가 읽기를 매우 좋아하는 여성으로, 저와 함께 살면서도 정말 많은 책을 읽었습니다.

그런 사람에 비하면 저는 어려서부터 그림책이라면 자동차 도감을 좋아해서 "이 미국 자동차 정말 잘 그렸다" 하고 감탄하면서 보는 그런 사람이었습니다.

물론 아동을 위한 문학 도서도 어느 정도 읽기는 했지만 그다지 열중했던 기억은 없으며 가장 인상에 남는 책이라면 『노라쿠로(のらくろ)』(다가와 스이호田河水泡의 만화로, 주인공은 떠돌이개인 노라쿠로 – 옮긴이)와 『모험 단키치(冒険ダン

吉)』(사마다 게이조島田啓三의 만화 – 옮긴이), 그리고 『소년강담(少年講談)』(작가 미상. 당시 인기가 많았던 모험 이야기 책 – 옮긴이) 정도에 불과하고, 그 밖에는 대개 모형비행기 설계도와 라디오 회로도 같은 것을 주로 읽었습니다. 따라서 저는 정말 독서량이 부족합니다.

저는 이런 사람이어서 오히려 '인풋' 이 매우 애매한, 혼돈스런 인간이 된 것인지도 모릅니다. 이것은 장점일 수 있지만, 단점을 말하자면 끝이 없을 것입니다. 그런 제가 오늘 사회를 맡게 되어 곤혹스럽기 그지없습니다. (웃음)

여기서 다치바나 씨와 가와이 씨에게 언제부터 어떤 책을 읽기 시작하였는지에 대해 여쭤보겠습니다. '읽기' 와 '듣기' 는 본래 그 영역이 매우 넓지만, 우선 일반적인 '독서' 에서부터 접근해 가보도록 하겠습니다.

다치바나 씨는 어마어마한 양의 책을 읽으시는데, 어려서부터 상당한 독서가였던 것으로 알고 있습니다.

다치바나 : 그렇습니다만, 당시는 일본 사회가 전체적으로 책이 그리 많지 않던 시절이어서 지금과는 비교도 안될 정도로 부족했습니다.

저 역시 다니카와 씨처럼 라디오 회로도를 무척 좋아해서

(웃음) 초등학교 때부터 직접 라디오를 만들었기 때문에, 당시 라디오를 만들어본 사람이라면 잘 아실 '나미 3'(並3, 3구 진공관 라디오. 검파檢波 회로에 검파관, 증폭회로에 저주파 증폭관, 전원회로에 정류관整流管 등 진공관 3개를 사용한 라디오 — 옮긴이), '나미 4'(나미 3과 같은 구조에 저주파 증폭관을 2개 사용한 라디오. 이 두 모델은 전전과 전후 직후까지 많이 사용했다 — 옮긴이) 라디오의 회로라면 지금도 보지 않고 그릴 정도입니다.

다니카와 : 대단하십니다.

다치바나 : 점차 이보다 수준 높은 고급 회로가 개발되면서 저의 관심은 다른 방향으로 바뀌어서 라디오와는 멀어졌지만, 그 전 단계의 회로도라면 지금도 충분히 그릴 수 있습니다. 제가 직접 베낀 라디오 회로집이 많았습니다.

다니카와 : 대선배님이시군요. (웃음) 이른바 모험 이야기라든가, 우리 세대라면 야마나카 미네타로(山中峯太郞, 1885~1966. 소설가, 아동문학가 — 옮긴이)나 운노 주사(海野十三, 1897~1949. SF · 추리작가 — 옮긴이)와 같은 작가의 작품을 들 수 있는데, 당시 소년들이 많이 읽던 이런 책을 읽으셨나요?

다치바나 : 당연히 읽었습니다. 다만 시대가 조금 달라서

다른 작가의 작품이지만 대체로 그런 종류의 책을 갖고 있는 친구가 주변에 많았습니다. 그래서 그 친구들 집에 가서 모조리 섭렵하거나 책 대여점에서 찾아 읽었습니다.

다니카와 : 독서가 자신의 흥미에 따라 일체화하기 시작했다고 할까요, 그렇게 독서 경향이 변하기 시작한 시기는 역시 학창시절부터인가요?

다치바나 : 지금도 여전히 일체화되지 않았는데요. (웃음) 다시 말해 독서를 오히려 직업으로 선택해 버렸다고나 할까요. 지금 한 달에 한번 『주간문춘(週刊文春)』의 독서란에 글을 쓰고 있어서, 사실 이틀 있으면 글을 써서 넘겨야 합니다. (웃음) 이 글을 쓰기 위해 이틀 전에 서점에 가서 쇼핑백 2개 분량의 책을 삽니다.

다니카와 : 직접 서점에 가셔서 책을…….

다치바나 : 그렇습니다. 자세히 볼 수 없으므로 서점에서 휙 훑어보고 거침없이 사오는데, 대개 20권 정도 삽니다. 그리고 집에 돌아와 그날 중으로 "이건 별 도움이 안되겠군" "이건……" 하는 식으로 솎아내 6~7권 정도로 좁히고 다시 반 정도로 줄여가는 작업을 합니다.

다니카와 : 그럼 이번처럼 홋카이도에서 1박을 하시게 될

때에도 항상 책을 가지고 오십니까?

다치바나 : 네, 항상 가지고 다닙니다.

다니카와 : 비행기에서도 읽으시나요?

다치바나 : 2권 정도 읽습니다.

읽기와 뇌

다니카와 : 가와이 씨는 왠지 다치바나 씨처럼 하지 않으실 것 같습니다만, 여행할 때 책을 가지고 가십니까?

가와이 : 가지고는 갑니다. 읽지 않을 뿐이지요. (웃음)

다니카와 : 읽지 않는데 왜 가지고 가십니까?

가와이 : 역시 양심 때문이랄까요? 딱딱한 내용의 책과 가벼운 내용의 책을 가지고 가서, 기운이 있을 때는 딱딱한 책을 읽고 피곤하면 가벼운 책을 읽으려고 하는데, 이 2권이라도 책을 가져왔다는 사실에 안도를 하는 거지요.

다니카와 : 예를 들면 딱딱한 책, 가벼운 책이라면 구체적으로 어떤 책이었는지 기억하고 계시나요?

가와이 : 다시 말해 평론이라도 어려운 내용을 담은 것이 있지요. 문학이라도 비교적 읽기 쉬운 아이들을 위한 책이 있지 않습니까? 그런 책들과 함께 잠을 자기도 하고 밖을 바라보기도 하면서. (웃음)

다니카와 : 가와이 씨는 어린 시절에 굉장한 독서가셨죠?

가와이 : 저는 어렸을 때 책을 굉장히 좋아했습니다만, 당시에는 책 읽는 아이는 나쁜 아이였습니다.

다니카와 : 그렇습니다. 제가 어렸을 때에도 '밖에 나가 놀아라' 하는 소리를 자주 들었습니다.

가와이 : 밖에서 잘 뛰어노는 아이는 착한 아이, 집에서 책을 읽는 아이는 나쁜 아이였는데, 저의 남자 형제 여섯 명 가운데 저를 제외하고는 모두 밖에서 잘 뛰어노는 착한 아이였습니다. 저만 책 읽기를 좋아했지요. 게다가 저의 부친은 언제나 '책 읽지 마라' 는 것이 입버릇이었습니다. 교과서 이외의 책은 토요일 밤에만 읽을 수 있었습니다. 다른 날에는 교과서 이외의 책을 읽어서는 안되었지요. 그런 규칙이 있다 보니 토요일 밤이 되면 목숨 걸고 미친 듯이 책 읽기에 집중합니다. 그런 규칙을 정해놓는 것도 독서를 권장하는 좋은 방법이 될 수 있지 않을까요?

다니카와 : 독서를 금지하면 아이들이 책을 읽는다! (웃음)

가와이 : 숨어서 몰래 읽는, 그 즐거움은 뭐라 형언할 수 없습니다. 부모님이 오시면 서둘러 숨기고 교과서를 펼쳐놓기도 하면서요.

다니카와 : 저의 부친은 대학교수이셔서 집에 책이 많았습니다. 초등학교 5학년이 되니 직감이 발달하더군요. 저는 초등학교 때 감기가 들어 누워 있을 때 모파상의 『비곗덩어

리』라는 책을 잘 이해도 하지 못하면서 왠지 꺼림칙하여 이불을 뒤집어쓰고 읽었습니다. 그러자 어머니가 와서 책을 빼어갔습니다. 책을 뺏기자 정말 재미있는 책인가 보다 싶었죠. 그런데 커서 읽어보니……. (웃음)

그러면 어렸을 때 집에 자신이 읽고 싶은 책은 그리 많지 않았습니까? 저희 집은 셀 수 없을 정도로 책이 많았습니다. 마루에까지 책이 있었거든요.

가와이 : 저는 그런 점에서 이상적이었다고 할까, 책이 그리 많지 않았습니다. 그래서 오히려 좋았던 것 같습니다. 『소년구락부(少年俱樂部)』(1914년 창간되어 1962년 종간된 일본 소년잡지의 시초 – 옮긴이)를 기다리는 일이 어찌나 즐겁던지.

다니카와 : 『소년구락부』는 저에게도 큰 즐거움이었습니다.

가와이 : 그런데 『소년구락부』가 오면 아버지가 그것을 숨기셨습니다. 토요일 오후가 되어서야 내놓으셨죠. 토요일 오후에 서둘러 읽지 않으면 형들이 먼저 가져가버려서 기다려야만 합니다. 서로 보려고 다퉜지요. 저는 학교에서 보통 때 청소를 누구보다도 열심히 해서 토요일만은 친구들의 양

해를 얻어 청소 당번을 모두에게 부탁하고 집까지 전속력으로 달려갔습니다.

다니카와 : 다치바나 씨 댁에서는 어떠셨어요?

다치바나 : 저의 아버지는 출판업계에 종사하면서 출판 협회 임원이셔서 책을 자주 집에 가져오셨습니다만, 당시는 지금과 달리 사회 전반적으로 책이 많지 않던 시절이었기 때문에 다른 집보다는 많은 편이었으나 그렇다고 그렇게 많은 편은 아니었습니다.

다니카와 : 저는 어려서부터 책이 마루까지 넘쳐나는 가정에서 태어났는데, 아버지가 돌아가시자 아버지의 장서를 조금이나마 정리하지 않으면 집안이 정리되지 않을 것 같았습니다. 그래서 아버지 고향에 있는 도서관에 기증했는데, 장서를 옮길 때 10톤 트럭이 왔습니다.

그 정도로 책이 많았으며, 저 자신이 글을 쓰는 일을 하고 있기 때문에 선사받는 책도 상당히 많아서 책에 대해서는 애증이 교차합니다. 다치바나 씨께서도 엄청난 책을 읽으시면서 고통스러웠던 적은 없으신가요?

다치바나 : 고통스럽지는 않지만, 책을 어디에 두어야 할지 참으로 고민입니다. 저는 이 나이가 될 때까지 일생 동안

책 둘 곳을 마련하기 위해 살아온 듯한, 책 둘 곳을 유지하기 위해 참으로 열심히 일해 온 듯한, 그런 인생이 아니었나 하는 생각마저 듭니다.

다니카와 : 제 친구 중에도 서고를 신축하는 친구들이 많습니다. 지금도 주변에 책을 많이 쌓아두십니까?

다치바나 : 지금 서고와 다를 바 없는 곳에 살고 있습니다. (웃음)

가와이 : 다치바나 씨는 같은 책을 몇 번이나 또 구입한 경험은 없으신지요? 샀다는 것을 잊어버리고.

다치바나 : 자주 있는 일입니다.

가와이 : 안심이 되네요. (웃음)

다니카와 : 그런데 같은 책을 두번 세번은 읽지 않는다고 하셨는데요.

다치바나 : 기본적으로 같은 책을 두번 세번 읽지 않습니다만, 샀다는 사실을 잊고 또 사는 경우도 있으며 일이 급해져서 그 책을 찾아야 하는데 좀처럼 찾을 수 없으면 우선 서점으로 달려가 사는 경우도 있습니다.

다니카와 : 그러한 장서를 잘 정리하여 검색할 수 있는 시스템을 마련해 두셨습니까?

다치바나 : 아니오, 없습니다. 처음부터 없었습니다. 대개 이런 종류의 책은 이쪽에, 이건 저쪽에 하는 식으로 대강 배정할 뿐이지요.

다니카와 : 뭔가 이미지만으로 구분이 되듯이 말이지요.

다치바나 : 그렇습니다.

가와이 : 그것은 절대 정리해서는 안됩니다. 혼란만 가중될 뿐입니다. (웃음) 대충대충 적당히 정리해 두는 편이 낫습니다.

다니카와 : 저 역시 동감입니다. 다치바나 씨는 IT 관련 정보에 매우 밝으시고 앞서 보신 TV 프로그램도 그렇습니다만, 본인께서는 기본적으로 손으로 글을 쓰고 계신가요?

다치바나 : 지금은 그렇습니다. 하지만 저는 워드프로세서가 처음 나왔을 때 누구보다 먼저 사용했습니다. 저는 뭐든지 새로 나온 것을 좋아합니다. 그래서 뭔가 새로 나왔다고 하면 즉시 구입합니다. 워드프로세서도 나오자마자 구입했는데, 아마도 당시 최고품이 약 100만 엔 정도였을 것입니다.

가와이 : 200만 엔 정도였습니다. 기억나는데, 제가 교토대학(京都大學) 학부장을 역임하던 당시 사무관이 돈이 200만

엔 정도 남았으니 워드프로세서를 사자고 내게 제안을 했습니다. 내가 "그게 무슨 기계입니까?"라고 묻자 "월드 프로페서(world professor)"라는 것입니다. (웃음) 세계 교수? 그게 뭐야? 워드프로세서를 잘못 말한 것이지요. 그때 정말 놀랐습니다.

다니카와 : 다치바나 씨 정도면 인터넷 상에서 다치바나 씨의 서적을 전부 검색할 수 있게 하실 법한데, 그런 일을 하고 계신지요?

다치바나 : 그 일은 다른 사람이 해주고 있습니다. 이번에 『에게 – 영원회귀의 바다』를 출판해 준 회사의 사장님이 그런 사이트를 마련해 주어, 제가 책을 사러 갈 때마다 그곳으로 "이런 책을 샀습니다"라는 팩스를 보냅니다. 그러면 그가 이와 관련한 사이트를 만들어놓아 책꽂이가 화면상에 주욱 나타나고 새 책꽂이가 다시 등장하고, 아마 이 사이트에서 책을 주문할 수도 있을 것입니다.

최근에 이를 아이템으로 사업을 하는 사람이 이 사이트를 활용하여, 롯폰기힐 꼭대기층에 있는 넓은 아카데미 플라자 같은 곳에서 실제 책을 그대로 진열해 보고 싶다는 제안을 해왔습니다. 지금은 사이버 공간에서 가상으로 만든 사이트인데, 이것을 현실에 그대로 재현하고 싶다는 것입니다. 지금 게이오대학(慶應大學)의 선생님께서 그것을 실현하고자 준비하고 있는 단계입니다.

다니카와 : 저 역시 책을 자주 읽지만 분명 활자를 눈으로 읽으면서도 '앙탕듀' 의 수준까지는 이르지 못한다고 할까요. 그런 적은 없으세요? 다치바나 씨는 대단한 속독가시지요?

다치바나 : 글쎄요, 여러 경우가 있습니다. 다른 사람보다 훨씬 천천히 읽는 책이 있는가 하면, 속독을 하는 책도 있지요. 속독을 할 때에는 그 책이 어떤 책인지 맛을 보는 경우입니다. 다른 할 일이 많을 때에는 시간이 별로 없기 때문에 마음에 중압감이 생깁니다. 그럴 때면 책 읽는 속도가 굉장히 빨라집니다. 일반 사람들도 내일 시험에 나올 참고서가 있다면 그날 밤 집중적으로 읽을 것입니다. 누구나 중압감을 느끼면 속독이 가능해집니다.

다니카와 : 그렇게 빨리 읽어도 머리에 들어옵니까?

다치바나 : 머리라는 곳이 대단한 곳이어서 인간의 뇌만큼 잠재능력이 뛰어난 기관도 없을 것입니다. 머리에 무리해서 집어넣으려 하지 않아도 집중적으로 보는 동안에는 반드

시 남습니다. 요컨대 그렇게 머리에 남은 것을 활용하면 되는 것입니다.

다니카와 : 그렇군요.

다치바나 : 그 방법밖에 없습니다.

다니카와 : 그렇다고 하시니 안심이 됩니다. (웃음) 중요한 포인트는 어딘가 의식의 저변에 저장되어 있다는 확신을 갖는다면 말이지요.

다치바나 : 그렇습니다. 반드시 뇌의 어딘가에 저장되어 있습니다. 그렇게 저장된 내용이 어떤 계기를 만나면 문득 되살아나는 것입니다.

가와이 : 저는 어떤 압박이 있어도 그다지 필사적으로 책을 읽지는 않습니다. 다 읽는 것으로 끝입니다. 밤 12시가 되면 대체로 저는 잠자리에 듭니다. 마치 신데렐라처럼 말이지요. (웃음) 시험이 있든 원고 마감이 있든 다른 할 일이 있든 전부 그대로 둔 채 잠자리에 듭니다.

다니카와 : 잠자는 동안에 머릿속에서 뭔가 멋진 일들이 일어나고 있다거나.

가와이 : 그것이 바로 인간의 뇌가 가진 멋진 부분입니다. 정말 그렇습니다.

다치바나 : 뇌 연구의 일인자이신 이화학연구소(理化學硏究所)의 뇌과학 종합연구센터 책임자 이토 마사오(伊藤正男)라는 선생이 있습니다. 그분이 항상 하시는 말씀이 있습니다. "졸리면 반드시 잠을 자도록 하세요. 인간의 뇌에 가장 중요한 것은 잠입니다. 그러므로 잠을 줄여가면서 한꺼번에 시험공부를 하는 것은 바보 같은 짓입니다."

가와이 : 저는 원고를 쓰다가도 졸리면 그냥 잡니다. 그리고 일어나서 다시 원고를 씁니다. 단 10분이라도 잠을 잡니다. 대개 잠을 잘 때 마음속으로 10분간, 아니면 20분간 자겠다고 정해두면 대체로 그 시간에 눈이 떠집니다. 그러고 나서 원고를 계속 써내려갑니다. 빨리 원고를 써야 한다는 생각에 너무 집착하거나 필사적이 되면 오히려 아무것도 쓰지 못합니다. 잠깐 눈을 붙이는 편이 훨씬 낫습니다.

다치바나 : 졸릴 때 뇌의 움직임과 잠을 자고 나서 활동하기 시작한 뇌의 움직임은 아마도 100배 정도는 차이가 있을 것입니다.

가와이 : 아무튼 저는 졸리면 잡니다.

다치바나 : 저는 아이마스크를 가지고 다닙니다. 비행기 안에서 책을 읽다가 졸음이 몰려오면 쓱 아이마스크를 쓰고

잠에 빠집니다. 그렇게 자고 나면 머릿속이 개운해지지요.

가와이 : 회의가 있을 때 참 좋을 것 같습니다. 아이마스크를 쓰고 잠을 청할 수 있어서.

듣기의 다층성

다니카와 : 점점 정리하기 어려워지는데요. (웃음) 다치바나 씨는 굉장히 좋은 오디오 장치를 가지고 있다는 소문을 들었습니다만, 저도 젊은 시절 한때 오디오광이었거든요. 지금 어떤 모델을 가지고 있는지 말씀해 주실 수 있나요? 앰프는 뭐, 스피커는 뭐, 메이커는 뭐.

다치바나 : 대부분 말씀드릴 수 있습니다만.

다니카와 : 몇 가지 계통이 있는 것인가요?

다치바나 : 저는 멀티채널 방식을 택해서 스피커가 4단으로 되어 있고 각 단마다 주파수를 분할하여 다른 앰프를 사용하고 있습니다.

다니카와 : 4개 채널이군요.

다치바나 : 그래서 전부 말하라고 하면 말씀드릴 수도 있으나 시간이 좀 걸리고, 스피커도 처음부터 조합되어 나온 기성품이 아니라 틀과 유닛이 다르기도 하여 하나하나 설명하려면 녹록치가 않습니다.

다니카와 : 그럼 언제 기회가 있을 때 듣기로 하고, 많이 바쁘시고 여러 가지 일을 하시는 와중에 언제 어떤 음악을

들으시는지요?

다치바나 : 일을 할 때에 그냥 음악을 틀어놓고 하는 경우가 많습니다.

다니카와 : 음악을 들으면서 글을 쓰시나요?

다치바나 : 꼭 음악이 아니더라도 자연의 소리를 담은 앨범을 틀기도 합니다. 파도 소리라든가 정글의 소리라든가 천둥 소리라든가 화산의 마그마가 움직이는 소리라든가, 소리라는 게 굉장히 다양하지 않습니까? 그리고 새소리도 자주 듣습니다.

다니카와 : 30년쯤 전의 일입니다만, 그 당시 일본 오디오의 일인자인 분을 방문했을 때, 그분이 가장 자랑으로 삼는 소리는 직접 녹음한 팔손이나무 잎에 본인이 소변을 보는 소리였습니다. 그 소리를 들었을 때 정말 사실감 있게 다가와 감동한 적이 있습니다. (웃음)

다치바나 : 녹음에 심혈을 기울이는 사람은 정말 생각지도 못한 대단한 녹음들을 보유하고 있더군요. 예를 들면 증기기관차 소리를 녹음한 녹음광의 작품, 그 녹음을 제 오디오 장치로 들으면 정말 현장감 있게 다가오는데, 기관차가 다 지나갈 때까지 공포감에 사로잡힐 정도로 실감나게 들립

니다. 하지만 한편으로 좋은 음악을 듣기도 합니다. 바흐나 모차르트는 정말 자주 듣습니다.

다니카와 : 바흐, 모차르트의 음악일 경우에는 그 음악을 듣는 데만 집중할 때도 있습니까? 다시 말해 다른 일은 하지 않고 오로지 음악만 듣는 경우 말입니다.

다치바나 : 젊은 시절에는 그런 때도 있었습니다만, 지금은 그런 경우가 거의 없습니다.

다니카와 : 뭔가 다른 일을 하면서 듣는다는 말씀이시지요?

다치바나 : 그렇습니다.

다니카와 : 다케미츠 도오루(武滿徹, 1930~1996. 작곡가 - 옮긴이)에 대해 굉장히 긴 글을 쓰셨는데, 그때에는 다케미츠 씨의 작품을 많이 들으셨지요?

다치바나 : 그의 곡 대부분을 들었습니다. 글을 쓰던 당시에도 발표되는 그의 작품이 있었지만 그 작품들까지 듣지는 못했고 기존에 나와 있던 작품은 전부 들었습니다.

다니카와 : 가와이 씨는 녹음된 앨범도 들으시지요?

가와이 : 물론 듣습니다.

다니카와 : 생음악도 들으시나요?

가와이 : CD는 자주 듣습니다. 저는 라디오 FM 듣기를 무

척 좋아합니다. 라디오를 통해 듣는 음악은 상대방이 곡을 선택해 틀어주므로 무슨 곡이 나올지 모른다는 점에서 굉장히 좋습니다. CD를 틀면 꼭 들어야 할 것만 같은 기분에 사로잡히지만, 라디오 음악은 들어도 그만, 안 들어도 그만이지 않습니까?

다니카와 : 그렇지요. 들어본 적이 없는 음악을 들을 수 있는 기회도 있고. 음악을 듣는 것과 사람의 이야기를 듣는 것, 가와이 씨 경우에는 클라이언트이고, 다치바나 씨의 경우에는 전문가의 의견을 듣는 것이 되겠는데, 이 두 가지 종류의 듣기는 어떻게 다르다고 생각하십니까?

사람의 이야기를 듣는 것은 아무래도 이성이 작용하고 의식이 가장 큰 역할을 하지만, 음악의 경우에는 이성이나 의식보다 더 깊은 의식의 저변에 자리한 그 무엇인가가 작용한다는 생각이 듭니다. 더욱이 귀는 음파가 고막에 직접 닿는 기관입니다. 따라서 상당히 촉각적이기도 하므로, 때때로 음악을 들으면서 애무를 받고 있는 듯한 착각이 들기도 하는데, 이는 역시 귀라는 기관에 특별한 그 무엇인가가 있는 것이 아닌가 생각하게 합니다. 가와이 씨, 클라이언트의 이야기를 들을 때 조용한 곳에서 들으시나요?

가와이 : 어쩌면 클라이언트의 이야기를 듣는 것과 음악을 듣는 것이 비슷할지도 모르겠습니다. 저 자신이 나름대로 할 수 있는 한 심혈을 기울여 음악을 듣습니다. 하지만 음악을 듣는 것은 이야기 내용 하나하나에 주의하는 것과 다르니까요. 클라이언트를 만나기 위해 방으로 들어갈 때에는 마음의 자세가 완전히 바뀝니다. 승부사가 승부를 가리려고 들어가는 마음과 같을 것입니다.

이러한 방법으로 이야기를 듣기 때문에, 택시를 탔을 때 운전기사분이 자기 신상과 관련한 이야기를 풀어놓아 곤혹스러울 때가 있습니다. (웃음) "저는 본래 이런 일을 할 사람이 아닙니다"를 시작으로 자꾸 이야기를 풀어놓는 바람에 "죄송합니다. 저기서 좌회전을 했어야 하는데"라는 운전기사의 말을 몇 번이나 들어야 했습니다. (웃음)

다니카와 : 상대방은 자신이 의식하기도 전에 이미 느낌으로 감을 잡은 것이 아닐까요?

가와이 : 아마 느낌으로 알겠지요? 그리고 대담 등이 끝난 다음 식사를 하면서 자신의 어린 시절 추억을 이야기하는 분이 상당히 많습니다. 무슨 이유에서인지 모르나 이야기가 그렇게 흘러갑니다. 몸에 밴 것이 있어서 그런지 모르겠지만,

그래도 저 자신은 역시 클라이언트가 기다리는 방으로 들어갈 때는 자세가 다릅니다.

다니카와 : 가와이 씨와 관련해서 매우 인상적인 일이 몇 가지 있는데, 이번과 같은 강연회에서 어느 클라이언트의 이야기를 하다가 진심으로 가슴이 막혀 말을 잇지 못한 적이 몇 번 있으시지요?

가와이 : 있습니다.

다니카와 : 실제로 클라이언트가 한참 이야기를 하는 동안에는 그때처럼 마음이 움직이지는 않나요? 아니면 겉으로 표시만 하지 않을 뿐인가요?

가와이 : 감정에 맡길 때가 있습니다. 그런 좀 어려운 순간이 있습니다. 보통 사람이라면 감동을 받을 순간에도 아주 냉정하게 이야기를 들어야 할 때도 있어서, 그것은 모두 자연스럽게 나타나는 느낌입니다.

생각난 것이 하나 있습니다만, 어떤 사람의 경우 그의 아버지가 아주 무서운 분이었는데 겨울에 그의 옷을 다 벗겨 밖으로 쫓아내기도 했다는 고통스런 경험담을 이야기해 주었습니다. 얼마나 고통스러웠을까? 저는 그 이야기를 가만히 들어야 했습니다. 그러자 그 사람은 굉장히 화를 내면서

"선생님처럼 냉정한 사람은 세상에 없을 겁니다. 이렇게 슬픈 이야기를 들으면서 선생님은 눈물 한 방울 보이지 않으시는군요" 하는 것입니다. "눈물이 날 때는 나고 나지 않을 때는 나지 않으니" 라고 말하자, 아주 화를 내며 저를 매도했습니다. 그렇게 잔뜩 저를 매도하더니 "잠시 쉬고 싶습니다" 라며 그대로 잠이 들어버렸습니다.

잠이 들었구나 생각한 순간 눈을 번쩍 뜨며 정말 산뜻해진 얼굴로 일어나, "저는 윗사람에게 이렇게 화를 낸 것이 태어나 처음입니다. 정말 가뿐해졌습니다" 하고 말하는 것입니다. 그러므로 저는 바로 그런 역할, 그 사람의 아버지를 대신하는 역할을 맡았습니다. 나중에 생각해 보니 저는 그의 이야기를 듣는 동안에 냉정했던 그의 아버지로 완벽하게 변신했던 것입니다. 그래서 그도 그처럼 화를 낼 수 있었습니다.

그 사람이 잠에서 깨어나 "……태어나 처음입니다" 라고 말했을 때, 저도 모르게 눈물이 울컥 흘렀습니다. 그때는 그렇게 제 감정에 맡겨버리지만, 그가 분노하고 있는 동안에는 '아무 말도 해서는 안된다' 는 생각을 했습니다. 저 자신도 신기합니다. 제가 그렇게 하려고 해서가 아니라 자연스럽게 우러납니다. 자연스럽게 우러나는 것이 정말 중요합니다.

예를 또 하나 들자면, 어느 분의 경우 매우 열심히 상담을 받는 사람인데 몇 번 만났지요. 그런데 이상하게도 그분이 이야기를 시작하면 갑자기 졸음이 몰려옵니다. 체격도 좋고 이야기도 조리 있게 잘하는데 무슨 이유에서인지 졸립니다. 그래서 결국 고백을 했습니다. "정말 죄송합니다만, 당신 이야기를 듣다 보니 졸음이 몰려와 견딜 수가 없습니다" 하고 말하자, 그분이 "죄송합니다. 가장 중요한 내용은 아직 말씀드리지 않았습니다" 하고 말하는 것입니다.

예를 들면 자신의 어머니는 친어머니가 아니었다던가 하는 정말 가장 중요한 이야기를 빼놓은 채 다른 이야기만 늘어놓고 있었던 것입니다. 전혀 이해할 수 없는 이야기만 하니 피곤해진 저는 졸리거나 따분해진 거지요.

이유는 알 수 없으나 졸음이 몰려올 때에는 반드시 "이것을 말씀드리지 않았습니다. 죄송합니다" 라는 말을 듣습니다. 이처럼 참으로 재미있는 현상이 일어납니다. 그러므로 보통 있는 인간관계와는 다릅니다. 만약 상담 중에 화가 나면 화를 내기도 합니다.

다니카와 : 클라이언트에게 말입니까?

가와이 : 네, 화를 냅니다. "당장 나가" 라고 말하기도 합

니다.

다니카와 : 그러면 정말 나가나요?

가와이 : 나가는 사람도 있습니다. 그리고 "다시는 오지 마세요"라고 해도 대개 다시 옵니다. 화를 내며 분노를 표현하는 방식은 60살이 넘어서야 가능했습니다. 그때까지는 화가 나도 꾹 눌러두었습니다. 지금은 화가 나면, 모처럼 화가 났으니 화를 내주는 것이 예의라는 생각이 들어서 화를 냅니다. (웃음)

다니카와 : 저는 오래전의 일입니다만, 여자친구와 통화를 하는데 과묵증이랄까요, 입을 꾹 다물고 제가 무슨 말을 해도 반응이 없는 것입니다. 그런 클라이언트도 있습니까?

가와이 : 있습니다. 전화를 해놓고서는 아무 말도 없이 입을 다물고 있는 사람도 있습니다.

다니카와 : 그런 경우에는 가와이 씨도 그저 기다리시나요?

가와이 : 그것은 그때그때 자연스럽게 일어나는 상황에 맡깁니다. 처음에는 좀처럼 자연스럽게 되지 않습니다. 상대방이 전화를 끊지 않는데 내가 끊어버리면 잘못되는 것은 아닌지 걱정이 됩니다. 그래서 계속 끊지 못하고 시간을 보내기도 하지요. 또 너무 서둘러 전화를 끊으면 상담이 완전히

실패로 돌아가는 결과로 이어지기 때문에 역시 더 기다리게 되지요. 여러 경험을 하다 보면 점차 자신의 반응에 믿음이 생깁니다. 내 자신이 이 전화는 끊지 말고 계속 기다려 보자는 생각이 들면 가만히 기다립니다. 따라서 상황에 따라 대처 방법은 전혀 다릅니다.

다니카와 : 저는 당황해서 허둥지둥 잠옷 차림으로 택시를 잡아타고 여자친구의 집으로 달려갔습니다만.

가와이 : 그렇지요. 목숨이 달려 있으니까요. 전화를 걸어와 "지금 가스밸브를 틀려고 합니다" 하고 말하는 경우도 있습니다. 이에 어떻게 대답할지, 정말 승부사나 예술가가 아니면 판단할 수 없습니다. "지금 원고를 쓰고 있어서요" 라고 하면 "제 목숨과 선생님의 원고 중에 어느 것이 더 중요합니까?" 라고 합니다. 그러면 저는 "제 원고지요" 라고 대답합니다. (웃음)

다니카와 : 그래도 괜찮을 때가 있나요?

가와이 : 있습니다. 그것이 포인트입니다. "바보 같은 소리 하지 마" 라며 화를 내면 상대방도 "이런 놈의 도움을 받느니, 차라리 내가 날 챙겨야지" 라고 화를 내며 스스로 활력을 되찾기도 합니다. 그런 말을 했는데 그 사람이 정말 죽었

다면 그 상담은 대실패입니다. 따라서 진검승부인 셈이지요.

승부를 내야 할 때 자신의 반응을 믿지 않으면 이미 늦습니다. 스포츠맨은 모두 그렇지 않습니까? 슛을 해야 할지 말아야 할지 결정해야 하는 순간에 코치의 안색을 살핀 다음 볼을 차면 분명 늦습니다. 이와 비슷합니다. 처음에는 생각해 보기도 하고 화를 눌러보기도 하면서 참 노력을 많이 했습니다만, 이 나이가 되니 이것저것 그리 많이 생각하지 않습니다.

인터넷 공간에서 '읽기, 듣기'

다니카와 : 다치바나 씨는 이야기 듣는 방식이 매우 특이하시지요. 지난번 NHK 스페셜을 보니, 상대방의 얼굴을 지그시 바라보면서 손으로는 종이에 무언가를 계속 적고 계시더군요. 그런 모습이 매우 인상적이었는데요. 역시 들으면서 메모를 하고 계셨던 것입니까? 그때그때 생각나는 것을 기록하고 계셨나요?

다치바나 : 들은 내용을 메모하는 것입니다. 직업적인 훈련이랄까요. 저는 대학을 졸업하고 바로 주간지 기자생활을 했습니다. 그래서 이야기를 들으면 바로 메모를 하는 습성이 배어 있습니다. 예전에는 녹음기가 없었기 때문에 전부 손으로 메모를 했습니다. 메모를 바탕으로 원고를 작성하는 것입니다.

지금 젊은이들은 그런 습관이 없어서 처음부터 녹음기를 사용합니다. 이야기를 듣고 녹음한 테이프를 다시 한 번 듣고 나서 원고를 작성하면 시간이 두배 세배 더 걸립니다. 그렇게 불필요하게 시간을 버리지 말고, 이야기를 들으면서 메모를 하고, 메모를 하면서 우선 내용을 요약해 두었다가, 마지막 정리를 하면서 요약하면 비로소 좋은 글을 쓸 수 있습니다. 이런 과정을 전부 무시하고 그저 다듬어지지 않은 흐름을 그대로 글로 옮겨도 된다고 생각하는 젊은이가 많습니다.

가와이 : 앞에서 제가 슈퍼바이저에 대해 말씀드렸습니다만, 저를 슈퍼바이저로 생각하고 찾아오는 분이 있습니다. 제가 이런저런 이야기를 많이 하니 녹음기를 들고 와 녹음하려는 사람도 있는데 그런 사람은 절대 사절입니다. 녹음기에나 담으려는 생각이라면 오지 말라고 말합니다. 본인이 기억하고 본인이 잊어버리고 하다가 최종적으로 남는 것을 취하면 되니까요.

녹음기로 담은 내용은 잊혀지지 않습니다. 사실입니다. 그러나 전부 기억한다는 것은 난센스입니다. 제가 한 많은 말 중에서 자신에게 와 닿는 것이 하나라도 있으면 되는 것입니다. 그래서 저는 제게 찾아올 때 녹음기를 절대 사용하지 못하게 합니다. 잡지 기자로 일한다면 어쩔 수 없겠지만.

다니카와 : 가끔 그렇게 녹음한 내용을 전부 글로 옮기는 사람이 있습니다. 그럴 때 정말 곤혹스럽습니다.

다치바나 : 그거야말로 IO비라고 할까요. 여러 가지 정보

를 응축해야 좋은 글이 나오는데 그런 과정이 없는 것입니다. 다만 최근 색다른 경험을 했습니다. 지난달부터 도쿄대학에서 학부생과 대학원생 모두와 여러 가지 시도를 하고 있는데, 하나는 학부생과 함께 아주 거대한 인터넷 사이트를 만드는 작업입니다.

세미나 강의 형식으로 3시간 정도 수업을 하는데, 처음에는 제가 교단에서 수업을 진행했습니다. 하지만 학기 중반부터 학생들의 관심이 식어 수업 방식을 바꾸는 것이 낫겠다 싶어서 학생에게 사회를 맡기고 학생들끼리 이야기를 나누는 방식으로 진행하게 했습니다.

그러자 이런 수업 방식이 잘 진행되어 점차 학생들의 참여가 활발해졌고 자발적으로 이런저런 것을 제안해 왔습니다. 지금 이 강연장에도 상당히 많은 분들이 메모를 하고 계실 텐데요, 요즘 학생들은 종이로 된 노트를 거의 사용하지 않습니다. 대개 모바일로 노트북을 이용해 메모를 합니다. 더구나 저희 수업에서는 메모를 하는 내용이 그대로 강의실 스크린에 출력되어 나옵니다. 학생들이 하는 이야기를 전부 판서하는 것과 마찬가지의 속도로 출력되어 나옵니다.

이번에 마침 비행기에서 읽은 책이, 블로그 사회로 변한

이 세계가 얼마나 빠르게 바뀌고 있는지를 피력한 책입니다. 일본인의 블로그 감각과 본래 인터넷 세계에서 블로거들이 보여주는 행동은 매우 다릅니다. 일본 보통 사람들의 블로그는 매일매일의 일기를 자신의 인터넷 홈페이지에 기록하는 정도의 수준입니다.

미국 등지의 블로거들은 언제 어디서나 노트북을 휴대하고 있어 이런 강연장에 와서도 컴퓨터로 메모를 합니다. 그리고 그 내용이 그대로 인터넷을 통해 동시에 외부로 출력됩니다. 실시간으로 강연장 안팎의 사람들에게 모두 전달되는 것입니다.

국제회의 때에도 블로그를 하는 사람이 있어서 그 내용이 즉시 외부로 알려집니다. 그것을 밖에서 지켜보며 읽던 사람이 "그 발언은 좀 이상하다"는 의견을 올리면 동시에 이것도 외부로 알려집니다. 회의장 안에 하나의 세계가 형성되었다고 느끼는 순간, 외부와의 교신을 통해 눈 깜짝할 사이에 회의장 안에서 오고간 모든 이야기가 한꺼번에 전세계로 발신됩니다.

그래서 회의장 안에서 이상한 발언을 한 사람이 있으면, 그 회의가 끝나기도 전에 외부 세계에서는 그런 발언을 한 사람을 향한 호된 질타가 이어지며 악성 댓글이 도배를 하는 일이 일어납니다. 실시간으로 회의가 진행될 때 그런 변화가 조금씩 일어나면서 회의 초반의 진행과 마지막 진행이 확연히 달라지는 경우까지 발생합니다. 지금 미디어 세계는 그런 사람들의 등장으로 크게 변화하고 있다고 보는 것이 이 책의 주장입니다.

이 책을 읽으면서 생각해 보니, 제가 가르치는 학생들이 실제로 블로거와 같은 활동을 하고 있는 것입니다. 인터넷으로 내용을 밖으로 발신하는 일은 간단하게 할 수 있으므로, 언젠가 제게도 일어날 법한 일입니다. 그러면 우리가 진행하는 수업을 전국에 있는 사람들이 동시에 실시간으로 보고 들을 수 있게 됩니다.

다니카와 : 가와이 씨 입장에서 볼 때, 지금 다치바나 씨의 이야기를 듣고 어떤 생각이 드십니까?

가와이 : 우리 상상을 뛰어넘는 일이 계속 일어나고 있다는 사실은 충분히 이해합니다. 동시에 발효를 거치지 않고 그대로 밖에 노출된다는 문제가 있을 수 있겠지요. 발효라는 것은 누룩이 활동을 해서 술이 되는 것인데, 술이 되기도 전에 상에 올라가는 일이 벌어지는 것입니다. 이는 바람직하지

않다고 여겨집니다만, 어떻게 생각하십니까? 이는 별개의 문제일까요?

다치바나 : 동시성의 세계와 시간을 들여 발효시키는 세계, 이 두 세계가 양립해 갈 것으로 보입니다. 예를 들면 최근에 출간한 『에게 — 영원회귀의 바다』는 20년에 걸쳐 발효시킨 것입니다. 그러나 지금 학생들과 함께 하고 있는 홈페이지는 지난번에 있은 NHK 프로그램의 해설 링크집과 같은 형태로 처음 만들어보았습니다.

11월 5일에 방송되었으니, 이 해설 링크집을 만들고 2주일도 되지 않았는데, 특별히 홍보를 한 것도 아닌데, 순식간에 인터넷 세계에서 화제에 화제를 낳으면서 점점 확산되어 방송이 나간 그날에만 7~8만 명이 접속했습니다. 그 다음날에는 10여 만 명, 며칠 만에 50만 명을 넘어섰으며, 어제 도쿄에서 확인한 숫자는 85만 명이었습니다. 지금까지의 미디어 세계를 보는 것과 전혀 다른 움직임이 한꺼번에 전개되고 있습니다. 전혀 다른 문화로서, 그런 독특한 세계가 지금 형성되어 가는 시대입니다.

다니카와 : 시를 쓰는 저로서는 인터넷 세계에서 유통되는 언어는 시의 세계와 더욱 멀어지는 언어라는 생각이 듭

니다만.

다치바나 : 하지만 시를 테마로 하는 사이트도 꽤 많고, 인터넷 세계에도 시 관련 사이트는 있지요?

다니카와 : 상당히 많이 있습니다만, 기본적으로 원고에 써서 발표하는 것과 같은 감각으로 인터넷 상에 발표되고 있습니다. 물론 이에 대해 의견은 분분합니다만, 이런 경우에 동인잡지에서 서로 비평을 해주는 영역을 벗어나지 못하고 있습니다.

다치바나 : 아마도 다른 세대가 다른 문화를 만들어내고 있는 것이겠지요. 예를 들면, 이하라 사이카쿠(井原西鶴, 1642~1693. 에도시대의 하이쿠 시인 – 옮긴이)가 하룻밤에 방대한 하이쿠를 읊는다. 이는 종이 위에 써내려간 것이 아니라 머리에 떠오른 것을 그대로 하이쿠로 쏟아내는 그런 세계입니다.

헤이안 시대(平安時代, 794~1192)의 와카(和歌, 한시와 다른 일본 전통 시 – 옮긴이) 세계에서도 원형의 물이 흐르는 정원에서 작은 배를 띄우고 배가 다음 사람에게 도착하기 전에 와카를 한 수 지어 읊는 놀이를 즐기지 않았습니까? 이는 신중하게 다듬고 다듬어 내놓는 작품이 아니라 실시간으로 머리에 떠오르는 시를 그대로 발표하는 그런 세계입니다.

다니카와 : 자동 기술(記述)과 같은 것이 있을 수 있다는 말씀이군요.

다치바나 : 그렇습니다. 요즘 학생이 쓴 문장을 읽으면, 머리에 떠오른 말이 그대로 문장으로 나오는 문체를 사용하고 있음을 알 수 있습니다.

다니카와 : 시라는 것은 몇 번이라도 읽을 수 있는 것이라고 합니다. 그러나 정보는 새로운 것일수록 환영받습니다. 몇 번이고 읽을 필요가 없는 것이어서 한 번 이용하거나 소비하면 그것으로 끝이나 마찬가지입니다. 그런 정보와는 달리 시는 고대의 만요슈(萬葉集, 나라시대奈良時代 말에 나온, 일본에서 가장 오래된 시가집. 20권 ― 옮긴이)가 있던 시대부터 지금까지도 모두가 몇 번이고 읽고 또 읽습니다.

이러한 점을 생각하면, 같은 일본어라도 언어의 질에 따라 인식 방법이 매우 다릅니다. 우리 시를 쓰는 사람에게는 '시의 복싱'과 같은 것이 있습니다. 그래서 언어뿐만 아니라 자신의 몸으로 하는 표현, 목소리로 하는 표현을 통해 즉흥적으로 시를 가지고 노는 형태도 있습니다. 문학이라는 것이 앞으로도 잘 보존된다면 정보가 대량유통되는 곳과는 다른 곳에서 그 부족한 부분을 보완하는 형태로 계속 존재할 수 있지 않을까 생각합니다. 그런데 문학 그 자체도 변질되어 갈까요?

다치바나 : 그것은 양쪽 모두에 가능성이 있습니다. 예를 들면 저는 다니카와 씨의 시를 참 많이 읽는 편으로, 좋아하는 구절도 많습니다. 하지만 그처럼 아주 좋은 구절이 탄생하는 순간이란 아마 통찰의 한 순간이 있어서, 다니카와 씨의 머릿속에서 다듬고 다듬어져 나온 것이 아니라 어느 순간 갑자기 떠오른 것이지요.

다니카와 : 그렇습니다. 저 역시 잘 모릅니다.

다치바나 : 그 전 단계에서 눈에는 보이지 않지만 쌓이고 쌓인 것이 하나로 정리되는 순간이 있는 것입니다. 그때그때 조금씩 흘려보내다 보면 그 대부분이 흘러가버리고 흐르고 남은 것 중에서 더욱 정제된 것이 남습니다. 이처럼 정말 좋은 것이 남기 위해서는 여러 과정을 거쳐야 합니다.

생물 진화의 역사를 살펴보아도 마찬가지입니다. 눈앞에서 생생한 변화가 조금씩 일어났으며, 대부분이 점점 사라지고, 마지막에 남은 것이 우리 세계와 같은, 바로 가치 있는 존재의 성립 역사인 것입니다.

오늘날 인터넷에 지금 이 순간 쏟아지는 언어의 양은 엄청날 것입니다. 하지만 그 대부분은 사라지겠지요. 모두의 기억에 한두 가지 정도만이 남아 더 많은 시간과 함께 쌓여갑니다. 아마 이와 같은 과정이 있을 것입니다. 이러한 과정은 한 사람의 머릿속에서 일어나는 것이 아니라 많은 사람의 머릿속에서 지금 동시에 진행되고 있는 것은 아닐까요?

다니카와 : 그러면 구조적으로는 이른바 고전문학이 지금처럼 남는 것과 비슷하다고 할 수 있겠군요. 다시 말해 인터넷이 없는 시대에도 많은 글이 나왔고 개중에는 인쇄되기도 했으며 구전으로 전해지기도 했으나, 정말 좋은 글만이 지금 시대에 남아 고전이라고 불립니다. 구조적으로 닮았다는 생각이 듭니다.

다치바나 : 어떤 의미에서 인터넷은 인류 역사의 초창기부터 구조적으로 존재했던 것은 아닐까요? 요컨대 인터넷은 네트워크의 상호 접속으로 이루어집니다. 따라서 인간 사회가 존재하는 한, 공통된 장을 공유하는 사람들 사이에는 공통된 가치가 성립할 것입니다. 같은 것을 '좋아하는' 사람들이 하나의 그룹을 형성합니다. 그러한 그룹이 여기저기에 생겨 그룹끼리 서로 연계합니다. 이러한 것이 인터넷이라고

보면, 이와 같은 형태는 인류 역사에 항상 존재해 왔습니다.

아주 옛날에는 음유시인이 있어 생생한 시를 들려주는 세계가 있었고, 그 주변에 그 시를 듣는 사람이 있어 그것이 사회적으로 확산되었습니다. 이러한 과정에서 응축된 것이 지금도 남아 있는 것입니다.

예를 들면 『롤랑의 노래(La Chanson de Roland)』(1100년 무렵에 지어진 프랑스의 서사시 – 옮긴이)처럼 음유시인의 작품 세계가 그 속에 응축된 작품이 고전문학 중의 고전으로 남아 있습니다. 이것이 그 시대에 존재하던 인터넷의 산물이라고 보면, 그 성립 과정은 우리 시대의 문화 탄생 방식과 별반 다르지 않다는 것을 알 수 있지 않을까 싶습니다.

지식과 체험을 잇는 것

다니카와 : 이야기가 좀 다릅니다만, 제가 어린 시절 애독하던 책 중에 백과사전이 있습니다. 후잔보(富山房) 출판사의 백과사전으로, 저의 성교육은 대체로 이 백과사전을 통해 받았다고 할 수 있습니다. 당시는 아직 성에 대해 드러내놓고 입에 담지 못하는 시대여서, 초등학교 4~5학년 때 친구들과 함께 탐구에 나섰던 것입니다.

친구들이 "어딘가에 아기의 궁전이라는 신사가 있대. 이 신사에 가면 알 수 있지 않을까?" 하고 말했습니다. 그래서 백과사전을 펼쳐보았는데 아기의 궁전이라고는 나오지 않고 자궁(子宮)이라는 말이 나와 있는 것입니다. (웃음) 그렇게 성에 대해 배웠습니다.

내게 백과사전은 세계를 향한 입문서와 같은 것이었습니다. 어린 시절은 저에게 암흑시대여서, 세상에 대해 모르는 것이 너무 많고 두 번 다시 되돌아가고 싶지 않은 시절이지만, 백과사전 덕분에 아주 어렴풋하게나마 한 줄기 빛을 볼 수 있었습니다.

이러한 독서는 지금도 계속 되고 있다고 할 수 있습니다.

친구들과 비교해 보고 상당히 놀란 적이 있는데, 저는 『중년의 위기(Middle age crisis)』라는 책을 읽지 않으면 아무것도 할 수 없을 정도로 여러 가지 문제가 있었습니다. 노인을 보살피는 등 여러 가지 일이 있어서 그와 관련된 책도 읽었습니다.

그런데 친구인 다케미츠 도오루나 오오카 마코토(大岡信, 1931~. 시인－옮긴이)는 이런 책들을 전혀 읽지 않았습니다. 그들은 실생활에서 위기를 느끼지 않는구나, 이렇게 생각한 저는 매우 놀랐습니다. 어쩌면 위기가 있어도 그런 종류의 책을 읽지 않고 위기를 극복한 것인지도 모르지만, 그런 때 찾게 되는 책이 상당히 많으며 실제로 현재 실용적인 책이 잘 팔리고 있습니다. 저는 그 대부분을 그리 믿지 않지만, 가와이 씨와 다치바나 씨는 그런 종류의 책을 읽으십니까? 자신의 인생 지침서가 필요해서 읽는 그런 독서도 하시는지요?

가와이 : 실용서적에 대해 거의 의식하지 않았는데, 인생의 지침서라는 식으로 생각하면서 읽은 적은 없는 것 같습니다.

다니카와 : 하지만 상당히 다양한 책을 읽고 계시고 읽을 때마다 감동하시지요?

가와이 : 저는 감동맨이니까요.

다니카와 : 그러므로 『묘에 — 꿈을 살다(明恵 — 夢を生きる)』(가마쿠라시대鎌倉時代 초기의 화엄종 승려인 묘에에 대해 쓴 책 – 옮긴이) 역시 읽으실 때에 자신의 연구 대상이라서, 또는 자신의 일이라는 이유만으로 읽으신 것은 아니지요?

가와이 : 연구 때문에 『묘에 — 꿈을 살다』를 읽은 것은 전혀 아닙니다. 나 자신의 스승을 발견한 듯한 느낌이어서, 그 스승에 대해 알고 싶어서 읽었습니다. 따라서 저는 책을 읽기는 하지만 전혀 메모를 하지는 않습니다.

다니카와 : 그러면 밑줄은 긋나요?

가와이 : 밑줄은 긋습니다. 읽었는데 밑줄이라도 긋지 않으면 손해를 본 듯한 기분이 들어서 긋습니다만, 예전에는 전혀 그렇지 않았습니다. 왜냐하면 나중에 고서점에 책을 팔러 갈 생각을 하였으므로 잘 팔릴 수 있도록 가능한 한 깨끗하게 읽었습니다. 요즘은 예전처럼 책을 팔러 가지 않아도 되니, 많이 읽는 책도 아니고 해서 모처럼 책을 읽으면 밑줄 정도 그을 수도 있잖아 하면서 긋습니다.

다니카와 : 다치바나 씨는 자신의 실생활에서 뭔가 문제가 생겼을 때 책을 통해 문제를 해결하고자 책을 읽지는 않으실 것 같습니다만.

다치바나 : 라디오를 만들었는데 고장이 나면 그와 관련된 실용서적을 찾아 읽습니다. 어느 순간 갑자기 알고 싶은 것이 있을 때에는 우선 서점에 가서 관련 코너를 뒤져 봅니다.

다니카와 : 저도 젊은 시절 테니스를 배우기 시작했을 때 테니스 관련 서적을 3권이나 사서 부모님께 핀잔을 들은 적도 있습니다. 테니스 라켓을 사기도 전에 책을 먼저 샀으니 말입니다. 지금은 그런 경향이 사라졌습니다만, 저에게는 책과 실생활의 관계는 매우 크다고 할 수 있습니다. 다치바나 씨는 그렇게 엄청난 양의 독서를 하시는데, 실생활과 관련해 책을 읽는 경우는 없으신지요?

다치바나 : 거의 없습니다. 머릿속 세계에서 갖가지 의문이 생기는데, 그 의문을 해결하기 위해 책을 찾아 읽습니다. 이것을 실생활의 일부로 포함시킨다면 실생활과 관련한 독서가 되겠지만요.

그러나 제가 주로 관심을 갖는 부분은 매우 특수한 문제이거나 역으로 매우 일반적인 문제이고, 이를 철학적으로 다시 한 번 파악해 보고자 책을 읽습니다. 이러한 문제에 대해 누가 어떤 의견을 피력했는지 알아보는 형태로 조금씩 깊이 있게 파고드는 것입니다. 결국 독서라는 것은 어떤 문제에 관심을 가졌을 때 그 문제에 대해 선인들이 어떻게 생각했는지를 찾아 파고드는 세계가 아닐까 싶습니다.

다니카와 : 저는 그다지 독서량이 많은 편은 아니지만 다양한 책을 읽고 있습니다. 예전에는 상식을 위해 반드시 읽어야 하는 경우도 있었습니다. 언제부터인가 저 스스로 책을 선택하게 되자 그것이 제 자신 속에서 통합된다고 할까요, 통일이 되면서 책 선택에 어느 정도 자신이 붙었습니다.

서평란이나 광고란을 자주 보면서 문득 느낀 감으로 책을 선택하면 대개 그 책은 제게 도움이 됩니다. 이런 형태로 저는 책이 가진 힘을 느끼게 되었는데, 대체로 연령에 따라 독서 경향이 변한다고 할 수 있을까요?

다치바나 : 엄청나게 변합니다. 저 역시 젊은 시절에는 다른 사람이 읽으라고 권한 책을 아주 열심히 읽은 시기가 있었습니다. 오늘 강연을 들으러 오신 분 중에도 상당히 많으리라 생각됩니다만, 그러나 나이 차이가 너무 많이 나는 사람이 권하는 책은 대부분 별 볼 일 없습니다. 한 세대 정도 윗사람이 권하는 책이라면 괜찮습니다만, 두 세대 윗사람이 권하는 책은 대부분 읽고 후회합니다.

다니카와 : 노인 차별 발언이신데요. (웃음)

가와이 : 자신이 믿는 사람이랄까요, 이 사람이 권하는 책은 언제나 재미있다고 확신하는 경우도 있지 않을까요? 그런 경우는 없습니까?

다치바나 : 다만 그 사람이 어떤 책을 쓴다는 것을 전제로, 어떤 지식을 바탕에 두고 있는지를 생각하겠지요. 그렇게 볼 때 지금 과학을 바탕에 두고 있는 세계에서 일어나는 일에 대해 두 세대 윗사람들은 대부분 아무런 지식이 없습니다.

다니카와 : 과학과 관련해서는 그렇습니다.

다치바나 : 특히 과학 분야에는 책을 저술할 만한 지식도 없는 사람들이 뽐내듯이 말하는 경우가 종종 있습니다. 그런 사람들보다는 상급 대학원생이 권하는 책이 정말 좋은 책일 것입니다.

다니카와 : 가와이 씨가 일하는 분야에서는 그러한 극단적인 세대의 변동, 변화가 없지는 않으신지요?

가와이 : 거의 없습니다. 과학과 관련이 없기 때문일 것입니다. 그래서 고전도 재미있고 요즘 나오는 책들도 재미있습니다.

다니카와 : 지금의 과학 세계와 상당히 다른 점이지요.

가와이 : 다만 자신이 관심 있는, 자신이 읽고 싶은 책을 읽는 경우와 다른 사람을 이해하기 위해 읽는 경우가 있습니다. 저의 경우에는 저를 찾아온 클라이언트와의 관계가 중요하기 때문에 다른 사람을 위한 독서도 많은 편이지요.

자주 드리는 말씀입니다만, 좀 오래전에는 클라이언트가 자신에 대해 "다자이 오사무(太宰治)의 『인간 실격(人間失格)』에 나오는 주인공 같다"는 말을 하는 경우가 많았습니다. 그러면 『인간 실격』을 반드시 읽습니다. 그런데 요즘 『인간 실격』은 실격되고 말았다고나 할까요. (웃음)

요즘 자주 등장하는 작가의 이름은 무라카미 하루키(村上春樹) 씨입니다. 그래서 저도 그의 작품을 읽기 시작했습니다. 무라카미 하루키 작품의 주인공 같다고 하니 읽을 수밖에요. 이런 방법으로도 책을 읽고, 읽어보니 재미있으면 그 작가의 다른 작품은 어떤 것이 있는지 찾아 읽게 됩니다.

다니카와 : 제가 책을 읽어온 경험에 비추어 말씀드리면, 책이란 것은 기본적으로 머리로 읽는 것입니다. 머리로 읽고 만족한다고 할까요. 그 정도로 만족하는 시기가 지나면 점차 몸에도 관심을 갖기 시작합니다.

예를 들면 테니스의 경우, 테니스 입문서를 아무리 읽어도 테니스를 잘 치지는 못하기 때문에 실제로 해봐야 합니다. 너무 단순한 예일지도 모르지만, 책 또는 머리에서 빠져나와 몸으로 옮겨오는 그런 느낌입니다. 책만 읽어서는 알 수 없는, 실제로 몸을 움직여 보아야 알 수 있는 것이 주변에 가득합니다. 이러한 '책의 한계'와 같은 것을 느껴본 적은 없으신지요?

인터넷이 낳은 새로운 세상

다치바나 : 항상 느끼고 있습니다. 책 이상으로 언어의 세계 자체에서도 한계를 느낄 때가 있고, 책 자체에서도 느끼며, 정말 끝없이 느낍니다. 다만 앞에서 언급한 인터넷 관련 이야기를 좀더 하자면, 인터넷은 매우 다른 세계를 열어줍니다. 인터넷으로는 다양한 검색을 할 수 있고 어떤 키워드라도 입력하면 즉시 몇 만이나 되는 링크가 화면에 뜹니다.

위에서부터 차례로 클릭해서 전부 읽을 수 있는 한계는 사람에 따라 다르지만, 아마도 200개 정도는 읽을 수 있을 것입니다. 그 이상이 되면 좀 정리가 필요해져서 전혀 다른 방향으로 접근해 갈 필요가 있습니다. 키워드 하나를 핵으로 해서 이 세계의 지식이 그 주변으로 끊임없이 퍼져나가는 것을 알 수 있습니다.

인간 세계의 지식은 굽이굽이 펼쳐진 광대한 천과 같습니다. 너무 광대하여 지금까지 한눈에 볼 수 없었던 그 전모를 이제는 인터넷 세계에서 검색 엔진에 키워드를 입력함으로써 볼 수 있게 되었습니다. 키워드를 어떻게 입력하느냐에 따라 지금까지 접근할 수 없었던 거대한 세계와, 관련된 지식을 아주 쉽게 찾을 수 있습니다.

키워드를 입력한 순간 모든 인터넷 세계로 연결됩니다. 개설된 사이트 숫자만 몇억 개나 있는지 알 수 없는 세계입니다. 각 사이트의 페이지로 따져보면 100억, 또는 1,000억 단위로 있을 것입니다. 이런 방대한 지식이 클릭 한 번 하면 한꺼번에 쏟아져 나옵니다. 검색 엔진이란 인터넷 안을 돌아다니면서 정보를 모아주는 일종의 로봇입니다. 로봇이 검색을 해주는 것입니다.

우리가 인터넷 세계와 접속하여 지적 작업을 시작하는 순간, 지금까지 생각지도 못한 지적 로봇을 누구나 한꺼번에 활용할 수 있게 된 것입니다. 이렇게 많은 정보를 단숨에 구석구석 돌아다니며 관련된 내용을 전부 찾아 알려주는 일은 지금까지 아무도 할 수 없었으나 이제는 누구나 할 수 있게 되었습니다.

좀 각도를 달리 하면, 최근 2년 동안 나온 책 가운데 가장 훌륭하다 여겨지는 책으로 『피에르 베일 저작집』이라는 책이 있습니다. 피에르 베일(Pierre Bayle)은 프랑스 혁명 직전 계몽사상 시대의 대철학자이며, 이 사람의 저작집은 정말 대단한 저작으로, 한권 한권이 모두 두꺼워 2,000~3,000페이지이고 각 권의 정가가 몇만 엔입니다. 7~8권으로 된 저작집이었던 것으로 기억합니다.

대학 도서관에나 있을 법한 저서입니다만, 이 책이 주는 감동은 책 대부분이 주석으로 이루어져 있다는 사실에 있습니다. 피에르 베일이 직접 자신이 쓴 글 하나하나에 주석을 달았습니다. 그 양이 본문의 몇십 배, 몇백 배나 될 정도로 방대하며 여기에 역자가 다시 주석을 달아 그 양은 실로 엄청납니다.

이는 HTML 방식(웹 문서를 만들기 위해 사용하는 기본적인 프로그래밍 언어의 한 종류로, 하이퍼텍스트를 작성하기 위해 개발되었다 – 옮긴이)과 마찬가지입니다. HTML 방식으로 쓴 글을 여기저기 클릭하면 화면에 정보가 한꺼번에 뜨지 않습니까? 이 책은 방대한 주석이라는 방식을 통해 같은 역할을 하는 것입니다. 프랑스 혁명기에 이러한 방대한 작업을 한 사람이 있었습니다.

사실 일본에서도 에도시대(1603~1867)에 미우라 바이엔(三浦梅園)이라는 유명한 철학자가 있었는데, 피에르 베일과 비슷한 저작활동을 했습니다.

7~8년 전에 인문과학의 학문 연구에 컴퓨터를 어떻게 활

용할지에 대해 연구하는 연구팀에 과학연구비를 책정한 일이 있습니다. 그때 제가 심사위원으로 참여했는데, 미우라 바이엔의 저작물은 하이퍼텍스트와 마찬가지 구조이므로, 그의 저작물을 진짜 하이퍼텍스트로 작성해 모두 컴퓨터로 이용할 수 있도록 하자는 프로젝트를 내놓은 적이 있었습니다. 다른 사람들은 이에 전혀 관심이 없어서 이 제안을 폐기하려 했지만, 저는 이것이 얼마나 가치 있는 일인지 강조하면서 연구비를 책정하도록 설득해 결국 비용을 마련한 일이 있습니다.

피에르 베일이 비록 프랑스 계몽시대 사람이지만, 결국 저술활동을 한다는 측면에서는 마찬가지였을 것입니다. 자신이 쓴 글, 나아가 그것을 좀더 심화시키고자 노력하다 보면, 자기 글에 자기가 직접 주석을 달아 내용을 심화시켜 가는 작업을 통해 결국 저작물을 완성하게 됩니다. 예를 들면 이번에 제가 발표한 『에게 — 영원회귀의 바다』의 경우도 처음에 작성한 텍스트는 그리 길지 않았으나 조금씩 조금씩 확대해 가게 되었습니다.

책을 쓸 때에는 평면적으로 넓혀가면서 쓰는 방식과 별도로, 깊이 있게 점차 심화해 가면서 쓰는 방식이 있습니다. 이에 가장 걸맞은 형식이 하이퍼텍스트 형식으로, 인터넷 세계에 가장 적합한 표현 방식이며, 이 세계 전체를 그런 눈으로 보고 그런 방식으로 읽어낼 수 있는 시대라면 문화 전체를 보는 눈, 읽는 방식도 변할 것입니다.

가와이 : 그럴 때 가장 곤혹스러운 것은 정보량이 너무 많다는 사실입니다.

다치바나 : 그렇습니다. 그것은 어쩔 수 없을 것 같습니다.

가와이 : 예를 들면 겐지모노가타리(源氏物語, 무라사키 시키부紫式部가 지은 헤이안 중기의 대표적인 이야기책－옮긴이)를 검색하면 관련 정보가 한꺼번에 화면 가득 뜨지 않습니까? 그 중에서 선택하는 것은 자신의 몫이지요.

다치바나 : 그렇습니다. 하나의 만남으로 생각해 버리는 것입니다. 음악과의 만남도 그렇지 않습니까? 앞에서 FM 라디오에서 상대방이 CD를 틀어주어서 좋다고 말한 것과 마찬가지로, 의도하지 않아도 이루어지게 되는 만남 정도로 생각하십시오. 인생은 결국 만남의 연속이니까요.

다니카와 : 거대한 양의 정보를 만났을 때 그 선택 기준은 스스로 만들어야 하는 것이겠지요.

가와이 : 한순간 눈앞에 팍 나타나는 것보다 자신이 어디

론가 찾아나섰다가 만나는 그런 만남이 더 재미있지 않습니까?

다치바나 : 그럴 경우도 있습니다. 개인의 사생활에서는 개인적인 만남이 더 재미있을 것입니다.

가와이 : 저는 그것으로 충분하다 싶어 달리 필요한 것이 없습니다. 저는 제 홈페이지를 개설하지 않아 스스로 홈리스라 부르고 있습니다. 홈페이지가 없어도 충분히 재미있게 생활하고 있는데, 여기저기서 계속 화제에 오르니 결국 선택을 해야 한다면 제가 직접 인생을 살면서 그 속에서 선택하는 것이 재미있을 것 같습니다.

다치바나 : 인터넷 검색의 장점은 만남의 기회를 상대방이 전부 준비해 준다는 점입니다. 그 중에서 자유롭게 선택할 수 있으므로 다양한 선택이 가능해집니다.

또한 인터넷 세계에서는 자신의 의견을 올려놓으면 세계 어디에선가 그것을 듣는 사람이 있어 반응도 알 수 있습니다. 이것이 한순간에 가능합니다. 따라서 지금 지방의 어느 도시에서든, 세계의 어느 소도시에서든 전세계와 이어져 있습니다. 처음에 아무것도 아닌 의견을 올려놓아도 이를 듣는 사람이랄까, 이를 읽는 사람이 한 사람이라도 있으면 순식간에 전세계로 전파됩니다. 그것이 인터넷 세계입니다.

다니카와 : 인터넷에 인류의 공통된 거대한 두뇌 같은 이미지가 있어서 그 두뇌를 공유할 수 있는 시대라는 점은 잘 알겠습니다만, 그러면 두뇌를 담고 있는 몸통은 어디에 있는가 하는 의문은 도무지 가시지 않습니다. 인터넷은 머리에 해당합니다. 손발은 물론이고 인터넷과 관련된 것들을 이용해 이를 도와야 하는 인간의 몸통과 같은 것은 없는지 불안감이 듭니다.

그리고 또 하나, 인터넷 세계는 의미나 정보가 매우 중요시됩니다. 그러나 인간에게는 난센스라든가 무의미, 감성 등이 매우 중요하게 작용하지요. 그런 점이 인터넷에는 부족한 듯하여 불안합니다.

다치바나 : 그 세계만을 전부라고 생각하면 불안해질 것입니다. 그러나 그것은 인터넷 세계의 일부입니다. 지금 그 세계를 자신의 생활의 일부로 여기는 사람들이 점점 늘어나고 있습니다. 그 세계를 어떻게 받아들이느냐의 차이가 있겠지요.

인터넷 세계에서는 지금 평면적인 3차원 세계 위에 가상의 차원이 2중, 3중으로 더욱 많이 형성되고 있습니다. 이러한 세계를 모두 공유하는 세계로 옮긴 사람과, 평면적인 3차원 세계만을 세계의 전부라고 믿는 사람들, 즉 옛날에 지구가 평면이라고 믿던 사람들과 왠지 닮아 있는 사람들 사이에는 상당한 의식의 차이를 보이지 않을까 생각합니다.

다니카와 : 그처럼 많은 정보를 접속하다 보면, 인간 개인의 두뇌로는 다 소화해 내지 못해 정신적으로 이상증세를 초래하는 일도 발생하지 않을까요?

다치바나 : 우선 검색 로봇을 잘 다루면 인간 개인의 두뇌로는 다 소화하지 못하는 정보도 쉽게 다룰 수 있습니다. 다만 기본적으로 조급해 하지만 않으면 됩니다. (웃음) 앞에서도 말씀드렸듯이, 눈앞에 무한대로 펼쳐진 정보를 직접 보면 개인의 두뇌로 다 소화하지 못할 것같이 여겨질 것입니다. 괜찮습니다.

인터넷에서 극히 평범한 키워드를 입력하면 몇만, 몇십만 개의 관련 정보가 한꺼번에 화면에 뜨는 모습을 보면, 예전 방식대로 이 모든 정보를 빈틈없이 조사하고 걸러내는 작업이 얼마나 무모한지를 깨달을 수 있습니다. 빈틈없이 조사하고 찾아내는 일은 그만두고 그저 만남을 가져보는 것입니다. 의외로 재미있습니다. 우리가 사는 현실세계는 언제나 만남의 연속입니다.

다니카와 : 게다가 디지털과 관련된 것에 하나하나 빈틈없이 의미를 부여해 연결시켜 주고 말이지요. 아날로그는 전체를 두루 조망할 수 없다는 이미지를 가지고 있으므로, 디지털과 아날로그가 모두 필요할 것 같습니다.

너무나도 복잡하고 거대하여 전체를 조망할 수 있는 능력을 상실할까봐 두렵기도 합니다. 전체를 조망하는 능력이란 실제로 삶을 살아온 인간 한 사람 한 사람의 경험에 의한 지혜와 같은 것이 아닐까 생각합니다. 이런 지혜를 신뢰하지 않는다면 지식을 제대로 컨트롤할 수 없습니다. 지혜를 우리 자신 안에 어떻게 배양해 갈지, 이는 매우 중요한 문제입니다.

기계와 인간의 새로운 가능성

가와이 : 지금 이야기를 듣다 보니, 인터넷이 거대해질수록 이와 대항관계에 있는 지혜와 양자 보완적인 관계로 나아간다는 느낌이 듭니다. 따라서 지혜 없이 인터넷만이 존재한다면 큰일이라는 생각이 들었습니다. 인터넷과의 만남을 단념하라면, 저는 이미 실천 중이어서 기쁘기까지 합니다.

다치바나 : 또 하나 말씀드리면, 앞에서 인공내이에 관한 이야기를 했습니다. 인공내이는 달팽이관이라는 기관에 전극을 넣는 것입니다. 이 전극이 소리를 전기신호로 변환합니다. 보통 사람들의 귀 속에는 소리를 전기로 변환하는 장치인 유모세포가 있는데, 그 수는 1만 5,000여 개에 이릅니다. 이에 반해 인공내이의 전극은 22개밖에 없습니다. 1만 5,000개의 유모세포가 하는 일을 전극 22개가 맡아 해야 하는 것입니다.

인공내이를 연구하던 초기에는 그 실현 가능성이 전혀 보이지 않았습니다. 인체가 1만 5,000채널을 이용해 하는 일을 불과 22개 채널이 해야 하는 것이어서 매우 빈약한 시스템으로 보였기 때문입니다. 의미 있는 정보를 거의 전달하지 못하거나 어중간한 소리 정보만을 듣는 데 그칠지도 모른다는 우려가 있었습니다.

그런데 실제로 시도해 본 결과, 22개의 전극으로도 충분히 들을 수 있었습니다. 뇌의 기능이 채널 부족을 보완해 주는 역할을 하는 것입니다. 이는 다시 말해 뇌의 기능이 상상도 할 수 없을 정도로 대단하다는 사실을 보여줍니다. 비유를 달리 하면, 영어의 알파벳은 26개 또는 24개 문자로 이루어져 있지만 충분히 모든 글을 작성할 수 있습니다. 마찬가지로 소리 정보를 잘 이용하면 22개의 전극만으로도 대단한 능력을 발휘할 수 있습니다. 마침내 이를 알게 된 것입니다.

어느 방송 프로그램에 출연한 남자 아이가 말하기를, 처음 인공내이를 장착하자마자 들린 소리가 이상한 소리여서 신경과민이 되기도 하고 어지럽기도 했지만 점점 익숙해지자 이상한 소리는 사라졌다고 합니다. 그리고 우리가 듣는 것과 같은 소리를 듣게 되면서 바이올린을 배우기 시작해 바이올린 연주도 능숙해졌다고 합니다.

요컨대 22개 전극으로는 불가능할 것이라는 우려를 씻고 점차 22개 전극으로도 충분히 들을 수 있게 된 것입니다. 이는 뇌 자체가 보유한 기본적인 적응능력을 끌어내어 보완해

주는 형태로 인공장치가 작동하기 때문입니다.

100퍼센트의 인간형 로봇을 만들기 위해 지금 여러 시도를 하고 있으나 아직 성공을 거두지 못하고 있습니다. 그러나 사이보그형 인간의 뇌를 이용하여 그 뇌를 활용하는 형태로 기계장치를 작동시켜 간다면 상상하지도 못한 일들이 가능해질 것입니다.

과연 22개 채널로 1만 5,000개 채널이 가진 세계를 어떻게 처리하는 것일까? 이는 뇌의 움직임이 어떻게 이루어지는가 하는 것과 같은 맥락의 이야기인데, 앞에서 말한 디지털은 모두 하나 더하기 하나의 세계가 결합해서 이루어진 세계입니다.

사실 뇌의 기본 능력은 그렇게 간단하지 않습니다. 가장 낮은 단계에서는 단순한 결합으로 이루어졌으나, 그 위에 상부구조와 같은 세계가 잇달아 만들어져, 그 전체가 움직이면서 적응능력을 낳는 것입니다.

그 세계는 더 크고 더 다양한 세계를 만들어낼 수 있는, 마치 26개 알파벳이 영어의 모든 언어 세계를 만들어내듯, 가공할 만한 능력을 보유하고 있습니다. 그것이 바로 뇌입니다. 인공내이를 장착한 사람들이 풍요로운 소리의 세계를 만들어내는 것과 마찬가지로 말입니다.

그 실체에 대해서는 여러 가지 패턴 인식 등을 설명해야 하므로 한 마디로 설명할 수 없으나, 지금 기술은 이처럼 지속적으로 발전을 거듭하고 있습니다. 기술을 두려워하는 사람은 "저 기술은 이것이 부족해서 안된다, 저것이 부족해서 안된다"는 이야기를 곧잘 하지만, 지금 실제로는 부족한 부분을 계속 연구하고 해결하면서 인간 세계를 더욱 풍요롭게 하기 위해 노력 중이며 발전 단계에 있습니다. 특히 의료기술 분야 사람들은 이를 너무나도 잘 알고 있습니다. 이들이 하고 있는 일에 대해 세상에는 잘 알려지지 않은 부분이 많습니다.

가와이 : 우리는 모두 자신의 뇌를 극히 일부만 사용하고 있지 않습니까?

다치바나 : 그렇습니다.

가와이 : 우리 뇌의 능력은 무궁한데 다 사용하지 않습니다. 앞에서 언급한 1만 5,000개의 유모세포와 22개의 전극 이야기도 그렇고, 아마도 1만 5,000개 중 거의 대부분을 사용하지 않고 있을지도 모릅니다.

다치바나 : 예를 들면 오디오 세계에서 주파수의 경우 20

헤르츠에서부터 2만 헤르츠까지 있습니다. 2만 헤르츠 이상이면 들리지 않고 20헤르츠 이하도 들리지 않습니다. 우리는 이 정도 주파수만을 사용하고 있으며, 더 구체적으로 말하면 인간의 귀가 정말 좋은 반응성을 가지고 대응 가능한 주파수는 몇천에서 몇백 헤르츠 사이입니다. 언어의 세계는 바로 이러한 영역에서만 활동하고 있습니다. 실제로 소리의 세계는 훨씬 풍부하게 전파되는 것입니다.

가와이 : 그럴 경우 소리는 많은 선택을 하고 있겠지요. 예를 들면 지금 이 강연장을 볼 때 말소리 이외의 잡음은 들리지 않습니다. 인공내이와 같은 기계장치를 사용해도 소리를 선택할 수 있습니까?

다치바나 : 훨씬 깨끗한 소리를 선택합니다.

언어 이전에 대해 다시 생각하다

다니카와 : 최초의 인류 사회는 문자가 없는 사회였습니다. 문자도 없는 사회가 상당히 오랜 동안 지속된 것인데, 그 당시 인간들은 '읽기, 듣기' 를 어떤 것이라고 생각했을까요?

다치바나 : 참 흥미로운 이야기입니다. 언어는 인류 역사의 어느 지점에 처음 생겼을까? 그 진실은 아무도 모릅니다. 여러 가지 당시 흔적을 통해 판단해 보면, 구석기 시대의 인간이 도구, 특히 석기를 만들어 사용하기 시작한 시기로 추측할 뿐입니다. 그 시기에 개개인이 돌을 가져와 만들다가 점차 인간 집단의 공동작업으로 자리하기 시작합니다.

사실 공동작업은 언어를 주고받지 않으면 불가능합니다. 손짓으로 어느 정도 소통을 한다 해도 역시 기본적으로는 언어가 필요합니다. 발굴된 유적 중에 석기를 만들던 공장과 유사한 시설이 있던 시기를 보여주는 증거가 있습니다.

그곳에서 발견된 두개골을 조사해 보면, 이 시기에 인간의 머리 구조가 변해 있었습니다. 언어를 담당하는 영역이 인간의 두개골에서 확연히 커진 시기가 있었던 것입니다. 인류 역사의 흐름과 언어 사용과 도구 사용의 역사가 일치를 보이는 것입니다.

두개골을 열어보면 안에 뇌가 있는데 측두엽 부분에 덮개 같은 것이 있어 그 아래를 덮고 있습니다. 이곳을 조금 들어 올리면 삼각 모양의 홈이 있고 여기에 선반 모양으로 펼쳐진 측두엽 평면이 있는데, 이곳이 바로 인간의 언어를 담당하는 영역입니다. 원숭이는 인간처럼 언어를 사용하지 못하기 때문에 이 평면이 없습니다. 해부학적으로 인간과 원숭이의 가장 큰 차이는 바로 이 점입니다. 고등 유인원의 경우 이 부분이 돌출되는 시기가 있습니다.

현재 일부 유인원에게 측두엽 평면이 있지만 언어는 사용하지 못합니다. 아마도 이곳이 언어와 관련된 결정적인 역할을 맡고 있을 것입니다. 이 측두엽 평면이 인간에게 발달한 시기와 언어가 성립한 시기, 또한 도구를 만들어 사용하기 시작한 시기, 이 모든 것이 같은 시기에 일어났습니다.

인간이 사용하는 지적인 도구와 관련해서 역시 언어를 빼놓고는 이야기할 수 없으며, 이 세계가 지금 또다시 다양한 형태로 변화를 일으키고 있는 것으로 보입니다. 다시 말해 인류 역사나 문화사적으로 엄청나게 큰 변화가 바로 지금 일어나고 있는 것은 아닌가 하는 느낌이 듭니다.

가와이 : 언어가 생기고 이어서 문자가 탄생합니다만, 문자가 없던 사회도 있었습니다. 예를 들면 켈트족은 문자가 없었습니다. 켈트 연구가인 츠루오카 마유미(鶴岡眞弓) 씨와 츠지이 다카시(辻井喬) 씨가 대담을 나눈 책을 읽어보니, 켈트 문명은 매우 수준 높은 문명이었는데 문자가 없었다, 어쩌면 의도적으로 문자를 갖지 않은 것은 아닐까 하는 의견을 피력했습니다.

왜냐하면 문자가 있으면 편리할지언정 마음의 움직임을 한정짓는 단점이 있습니다. 예를 들면 산이라는 문자가 생기면 마치 산을 다 알았다는 듯이 생각합니다. 이 산이나 저 산이나 모두 같은 산이라는 개념을 낳습니다. 진보를 이루는 만큼 감성은 퇴화하는 것입니다. 산 하나하나를 보면서 느끼는 감성을 상실하고 맙니다. 켈트는 바로 이런 감성을 발전시켰던 것은 아닐까요? 그런 이유에서 문자를 갖지 않았을 것으로 추측해 보는 이 견해가 매우 흥미롭습니다.

미국의 선주민도 문자를 갖지 않았습니다. 문자에 의존하지 않는 것은 참으로 세련된 감각입니다. 한 번 보고도 그곳에 무엇이 있었는지를 알아내고 무엇이 약초인지도 쉽게 가려냅니다. 역시 우리와 전혀 다른 감성을 갖고 있습니다. 이러한 감성은 문자를 갖지 않음으로써 가능했습니다. 전반적으로 문자문화가 우수한 면을 갖는 것은 분명합니다. 하지만 우리는 우수한 문자문화 속에서 무엇을 잃고 있는지에 대해서도 생각해 보아야 합니다.

다니카와 : 아이들의 감성이 뛰어난 것도 역시 문자에 의존하지 않고 현실과 직접 소통하기 때문일 것입니다. 예를 들면 아이들이 표현한 시를 보면 알 수 있습니다. 물론 문자로 쓸 수는 없으나 입으로 툭 내뱉는 그 표현들 말입니다.

가와이 : 정말 그렇습니다. 언어 사용 이전이라는 점과 관련해서 지난번 재미있는 경험을 했습니다. 지휘자인 사도 유타카(佐渡裕, 1961~) 씨는 아무리 생각해도 본인은 아주 어렸을 때의 여러 가지 영상을 기억하는 것 같다고 했습니다. 가장 흥미로운 점은, 본인이 유리 상자와 비슷한 곳에 누워 있는 모습을 어른들이 들여다보고 있었으며 그런 장면을 본인이 기억하고 있다는 사실입니다.

보통 사람은 언어를 모르면 기억이라는 것을 할 수 없습니다. 다시 말해 "저는 어머니의 얼굴을 기억합니다"라고 표현하려면 '어머니'와 '얼굴'이라는 말을 기억해야 합니다. 우리 자신들의 기억을 살펴보면, 언어를 습득한 시점과 기억을 할 수 있는 시점이 거의 일치합니다. 예를 들면 사도 씨와 같은 천재적인 음악가의 경우에는 언어 사용 이전을 기억하고 있는 것은 아닐까 생각했습니다.

다치바나 : 미시마 유키오(三島由紀夫, 1925~1970. 소설가, 극작가 — 옮긴이)도 갓난아기 때 목욕물인지 뭔지 잘은 모르겠지만 수면이 흔들흔들 흔들리며 빛이 나던 것을 기억하고 있다고 말한 적이 있습니다.

가와이 : 천재적인 사람은 그럴 수 있을 것 같습니다. 유감스럽게도 우리는 그런 감각을 잊어버리는데, 살아가면서 그런 감각을 되살리고 싶습니다. 문자를 읽을 때에도 책을 읽을 때에도 음악을 들을 때에도 그런 감각을 잘 조화시키면서 읽거나 듣는 것과, 그런 감각을 모두 버리고 머리만으로 읽거나 듣는 것은 전혀 다를 것입니다.

다니카와 : 저는 제가 좋아하는 음악의 어떤 악절을 듣고 굉장히 감동을 받고 나서 나중에 그 악절이 생각날 듯 생각날 듯 생각나지 않을 때 엄청난 초조감을 느낄 때가 있습니다. 음악이 전해주는 것은 언어보다 훨씬 깊은 곳에 자리한 그 무엇인가를 자극하는 것 같습니다.

가와이 : 저 역시 동감입니다.

다치바나 : 요컨대 그것은 언어가 가진 본질적인 결여라고 생각합니다. 시인은 언어를 극한까지, 그 언어의 한계까지 활용하는 분들이 아닙니까?

다니카와 : 그렇게 말씀해 주시니 자신감이 생깁니다.

다치바나 : 방송 프로그램 중에 제가 전극을 넣어 촉각신경을 자극하고 나아가 전기신호를 넣으면 TV 연출자가 "어떤 느낌이세요?" 하고 묻는 장면이 있습니다. 신호를 넣으면, '우와!' 라는 표현 말고 달리 할 말이 떠오르지 않습니다. "어떤 느낌이세요?" 하고 물어도 딱히 말이 안 나옵니다. 그 느낌을 표현할 적당한 말이 없습니다. 말이란 모든 언어 세계에서 표현되는 것으로, 그 언어 세계를 벗어난 체험은 말로 할 수가 없습니다. '우와!' 말고 달리 표현할 말이 없습니다.

가와이 : 바로 그 '우와!' 라고밖에 표현이 안되는 말을 말로 표현하는 사람이 시인입니다.

다니카와 : 그렇게 생각하고 싶습니다. 그리고 저 역시 그런 마음으로 시를 씁니다.

가와이 : 저는 어려서는 시에 대해 잘 몰랐습니다만, 요즘 나이가 들면서 조금씩 알게 되었는데, 일과 관련해서 언어

외의, 언어 이상의 무엇인가를 이해하려는 노력을 하고 있습니다. 그 덕분에 지금 시를 읽을 수 있게 된 것 같습니다.

다니카와 : 주로 문자로 시를 쓰다 보면, 문자만으로는 불만이 쌓이게 되고 점차 소리에 관심을 갖게 됩니다. 그래서 저는 20여 년 전부터 자작시 낭독을 해왔습니다. 그러자 이번에는 몸에 관심을 갖게 되었습니다. 호흡법 등을 통해 제 몸에 변화를 불러오는 일이 재미있습니다.

그와 동시에, 아직 말을 하기 이전의 신생아나 갓난아기를 위한 그림책 저술을 의뢰하는 주문을 받고, 어떤 그림책을 만들면 좋을지 참으로 난감하기도 했는데, 저는 우선 그림을 담당하는 사람에게 그림을 부탁합니다. 그림책 작가가 아닌 전위화가에게 부탁했는데, 전위적인 그림을 그리는 사람들은 정말 이해하기 어려운 그림들을 그려옵니다. 그리고 그 그림에 말을 붙입니다.

그러면 의미 있는, 지적인 말로는 도대체 무슨 말인지 알 수 없고 그림과도 맞지 않아서, 결국 의성어 표현이나 아기 옹알이 같은 표현을 붙이게 됩니다. 이러한 의미 없는, 난센스 같은 소리의 연결은 언어에도 중요한 것이며 재미도 있다는 생각을 하게 됩니다.

가와이 : 모토나가 사다마사(元永定正, 1922~. 예술가 – 옮긴이) 씨와 함께 작업한 그림책이 있으시지요? 모토나가가 그린 그림에 다니카와 씨가 글을 쓴 그림책이 있습니다. 저는 이 그림책을 참 좋아하는데, 저뿐만 아니라 우리 손자도 아주 좋아합니다.

다니카와 : 그 작품도 마찬가지입니다. 모토나가 씨가 가진 독특한 재능입니다. 처음에는 잘 팔리지 않는 책이었습니다. 어른이나 보육원 선생님들은 이런 의미도 없는 그림책을 아이들에게 줄 수 없다는 평이었습니다만, 아이들이 이 그림책을 좋아해 주어 지금은 40만 부나 팔린 베스트셀러가 되었습니다.

가와이 : 그 그림책은 역시 아이들이 무척 좋아합니다. 뽀요용 뽀요용 하는 표현이라든가.

다니카와 : 아이들은 알고 있는 언어의 어휘가 적어서, 오히려 몸과 직결된, 일종의 스킨십과 관련된 의성어라든가 아기옹알이에 민감합니다.

가와이 : 재미있는 점은 그런 표현은 누구나 할 수 있을 것 같지만, 역시 그런 재능을 가진 사람이 아니면 할 수 없다는 것입니다.

다니카와 : 최근에 모토나가 씨와 내년에 출판되는 그림책을 작업했는데, 그 그림은 모토나가 씨가 그림물감을 그저 흐르는 대로 두는 드리핑 기법으로 그린 것입니다. 그런 그림을 제게 건네주었고, 저는 거기에 말을 붙이느라고 여간 고생한 것이 아닙니다. 몇 번을 지우고 다시 쓰고 지우고 다시 쓰고 반복했는지 모릅니다. 그러는 가운데 저의 의식 가장 깊은 곳이 자극을 받았습니다. 그런 이미지가 가진 힘은 문장으로 나타난 언어의 힘과는 다른 면을 가지고 있어 어쩌면 음악과도 통하는 부분이 아닐까 생각됩니다.

가와이 : 그런 이미지를 갖기 전에, 예를 들면 옛날이야기 등 어설픈 그림책이나 TV 등을 통해 이미지가 형성되기 전에, 글로만 구성된 자기 나름의 이미지를 가질 것입니다. 어떤 이야기든 그 나름의 이미지를 가지고 있으면 괜찮지만, 신데렐라의 얼굴이 그려져 있다면 맥이 탁 풀리는 경우가 있지 않습니까? 그와 마찬가지로 저는 이미지 없이 활자만 있는 글 읽기를 좋아하지만, 다치바나 씨의 『에게 — 영원회귀의 바다』는 매우 좋은 이미지들을 담고 있더군요. 사진을 고르는 데 많이 어려우셨을 것 같습니다.

다치바나 : 네, 7,000장 정도의 원본 사진이 있었는데, 정

말 힘들었습니다.

다니카와 : 영화나 그림책이라든가, 영상과 활자 텍스트가 결합된 작품은 보십니까?

다치바나 : 많이 보는 편입니다.

다니카와 : 영상과 언어의 결합은 예전부터 관심이 무척 많아서 그림책이나 기록화를 담은 책을 저술하기도 합니다.

가와이 : 역시 그림은 굉장한 예술입니다.

다니카와 : 저는 일본 그림책의 수준이 세계적으로도 상당한 수준이라고 생각합니다. 후쿠인칸(福音館) 출판사의 마츠이 다다시(松居直) 씨와 이야기를 나누어 보니, 후쿠인칸에서 발행한 책만 200권 이상이 외국에서 번역되고 있다고 합니다. 저는 이런 말을 자주 하는데, 일본 심리학자의 연구가 외국 언어로 번역되고 있는가? 거의 없습니다.

다치바나 : 다니카와 씨의 시를 좋아합니다만, 예전에 공동생활하셨던 분, 그분의 그림책도 훌륭했습니다.

다니카와 : 예전에 공동생활한 분이라면, 그분은 제가 정말 존경합니다.

다치바나 : 그 책을 알게 된 지 얼마 안된 사람에게 선물해 그 반응을 보고 그 여성이 어떤 여성인지를 판단합니다.

다니카와 : 리트머스 시험지와 같은 용도로 쓸 수 있겠군요.

가와이 : "공동생활이 가능한지 불가능한지를 시험해 본다." 이런 내용이 화제에 오르면 왠지 기운이 납니다. (웃음)

다니카와 : 벌써 마치기에는 좀 아쉽습니다만, 이야기의 내용이 굉장히 깊이가 있어서 사회자인 제가 이미 지쳐버렸기 때문에 이쯤에서 마치고자 하는데 어떠신지요?

다치바나 : 한마디 덧붙인다면, 앞에서 가와이 씨가 말씀하신 일본 장기의 달인 다니카와 고지 씨의 "무위(無爲)의 힘, 아무것도 하지 않는다" 라는 말이 매우 훌륭하다고 생각됩니다. 요컨대 무위란 무엇인가 하면, 다른 일은 뇌에 맡긴다는 것입니다.

뇌의 본능을 고려해 볼 때, 지나치게 많은 것을 생각하면 대개 실패하고 맙니다. 다시 말해 반사신경이 움직이는 대로 행동하면 정답을 발견할 수 있습니다. 제가 오늘 여러분께 꼭 드리고 싶은 말씀이었습니다.

후기

최근에는 모든 일이 분주하게 움직이고 사람들은 무언가에 쫓기듯 성급해 하며 때로는 초조해 하면서 살아가고 있다. 이는 아무래도 일반적인 가치관이, 단시간에 얼마나 해낼 수 있는지, 좀더 단적으로 말해 얼마나 효율적인지를 지나치게 중시하기 때문일 것이다. 확실히 돈을 많이 가진 사람은 대개 자기가 좋아하는 일을 할 수 있으며, 좋아하는 물건을 손에 넣을 수도 있다. 그래서 단시일에 거부(巨富)가 된 사람이 현대판 영웅으로 떠받들어지기도 한다.

그러나 인간이 자신의 인생을 '살다' 보면, 더 많은 일들이 일어나고 가치관도 다양해지지 않을까? 단순한 가치관에만 매달려 바쁘게 사는 사람일수록 자기 자신의 인생을 살아가는 일에 대해 좀더 생각해 볼 필요가 있을 것이다.

'읽기'와 '듣기'를 단지 '정보를 얻기' 위한 수단으로만 본다면, 그리고 여기에 효율성만을 따지는 단순한 가치관이 작용한다면 어떻게 될 것인가? 필요한 정보를 어떻게, 얼마나 단시간에 얻는가 하는 것에 모든 문제가 집약되고 만다.

그러나 '읽기'와 '듣기'는 우리가 생각하는 것보다 훨씬 더 다채롭고 다양하며 우리 인생에 풍요와 깊이를 가져다준다. 이를 실제로 알아보기 위해 이번 심포지엄을 마련하게 되었다. 우리 시대의 달인 다치바나 다카시 씨, 다니카와 순타로 씨와 함께 '읽기, 듣기'에 대해 이야기를 나누었는데, 본문을 읽어보면 알 수 있듯, 매우 충실한 내용으로 채워졌다고 자부한다.

역시 '읽기'와 '듣기'에 대한 세 사람의 자세와 경험이 실로 삼인삼색을 보였으며, 이를 바탕으로 다양한 힌트를 얻을 수 있을 것으로 기대한다. 예를 들면 카운슬러인 나의 '듣기' 자세와 다치바나 씨가 사실을 분명히 밝히기 위해 조사를 할 때의 태도는 전혀 다르게 보일 정도이다. 그러나 어떤 '목적'을 위해 '듣는'가를 생각해 본다면 그것은 당연한 결과라고 할 수 있다.

다치바나 씨의 이야기 중에 최근 과학기술의 발달로 귀에 장애가 있는 사람이 들을 수 있게 되었다는 이야기가 있다. 다치바나 씨는 NHK TV에 방영된 프로그램에서, 사이보그의 힘을 빌려 인간이 얼마나 예상 밖의 힘을 발휘할 수 있는지, 불가능하다고 여겨지던 치료가 어떻게 가능해졌는지 그 예를 보여주었다. 그래서 사실 나는 이번 심포지엄이 끝난 뒤에 다른 대담에도 출연하였다. 현대 과학기술은 분명 눈부신 발전을 이루고 있으며, 지금까지 회복 불가능으로 여겨지던 장애우들이 진정 그 장애를 극복해 가는 모습을 보고 감동하지 않을 수 없었다.

이와 같은 과학기술의 발전은 인류에게 매우 감사할 일이며 앞으로도 더욱 발전하기를 기대한다. 이러한 정보를 일반 사람들에게 알기 쉽게 널리 제공하는 데 다치바나 씨와 같은 분의 역할이 앞으로 더욱 중요해질 것이다.

이와도 관련되는데, 인터넷의 폭발적인 발전과 보급으로, 인간의 '읽기'와 '듣기'의 양상도 상당한 변화를 보이고 있다. 다치바나 씨가 소개해 주었듯, 회의에서 오고가는 토론 내용이 그대로 전세계에 열려져 있어 많은 사람들이 동시에 참가하여 토론을 발전시켜 가는 것도 그 예일 것이다. 다치바나 씨가 도쿄대학에서 현재 시도하고 있는 강의 방식도 현장감이 넘치는 이야기로 매우 흥미로웠다.

이처럼 현대인에게 '읽기, 듣기'와 관련해서 흘러들어오는 정보의 양은 생각 이상으로 많아지고 있으며, 이에 대응하는 방법을 충분히 고민하지 않으면 오히려 정보의 힘에 인간이 압도당해 버릴 우려조차 있다.

결국 현대인의 과제는 언뜻 상반된 듯 보이는 두 가지 능력을 어떻게 공존시켜 균형을 잡는가 하는 데 있다고 할 것이다.

그리고 많은 정보를 얻어 그것을 철저하게 꼼꼼히 검토하는 능력과 전체를 조망하는 능력, 이 두 가지 능력이 모두 필요한데, 이에 대해 다니카와 씨는 다음과 같이 피력하였다.

"전체를 조망하는 능력이란 실제로 삶을 살아온 인간 한 사람 한 사람의 경험에 의한 지혜와 같은 것이 아닐까 생각합니다. 이런 지혜를 신뢰하지 않는다면 지식을 제대로 컨트롤할 수 없습니다."

'읽는다는 것'과 '듣는다는 것'의 배후에는 '산다는 것'이 자리하고 있다. 이런 생각을 하면서 나는 다치바나 씨의 다음과 같은 이야기를 되새겨 본다.

"우리가 사는 이 현실세계는 언제나 만남의 연속입니다."

이 말이 다치바나 씨의 풍부한 경험에서 나온 것이라서 마음에 깊이 남는다.

가와이 하야오

* 이 책은 '그림책 · 아동문학 연구센터' 주최 제10회 문화 세미나 '읽기, 듣기' (2005년 11월 20일)의 내용을 기록한 것이다.

옮기고 나서

말하기, 읽기, 쓰기, 듣기.

국어 교과서 제목처럼 느껴지기도 하는 말들입니다(실제로 초등학교에서는 국어라는 말 대신 이렇게 부르기도 합니다).

우리 주변을 가만히 들여다보면, 말 잘하는 방법이나 멋지게 글쓰는 방법에 대해 강조하는 분위기를 느낄 수 있습니다. 다른 사람을 설득해야 하는 비즈니스 세계에서는 이러한 경향이 더욱 강하다고 할 수 있습니다.

하지만 조금만 더 생각해 보면, 다른 사람을 설득하고 싶을 경우 그럴 듯한 화술과 멋진 문장만이 전부는 아닐 것입니다. 먼저 상대방이 어떤 사람인지를 잘 알아야 합니다. 그래서 그 사람을 드러낸 글이나 정보가 있다면 그것을 읽어야 하고, 그 사람을 만났을 때 그가 하는 말에 귀를 기울여야 합니다. 읽고 들은 것을 바탕으로 말을 하거나 글을 쓰게 되는 것입니다.

단지 누군가를 설득하기 위해 정보를 읽거나 이야기를 듣는 일이라면 어쩌면 오히려 덜 복잡한 일일지도 모르겠습니다.

출판물이나 영상물, 인터넷의 보급 확대로 읽을거리, 들을거리가 넘쳐나는 현대사회이지만, 제대로 읽고 제대로 듣는 일에는 관심이 적은 편이라고 할 수 있습니다.

이런 현대를 사는 우리에게 인간을 규정하는 큰 특징 중 하나인 언어를 '읽기, 듣기'라는 관점에서, 언어를 최고의 도구로 활용하고 있는 일본의 석학 세 사람, 논픽션 작가인 다치바나 다카시, 임상심리학자인 가와이 하야오, 시인인 다니카와 순타로가 모여 각자 평소에 생각하고 있던 귀한 의견들을 들려줍니다.

다치바나 다카시는 관심을 갖게 된 테마에 대해 먼저 관련 서적을 읽고 그 테마와 관련된 사람을 찾아가 속속들이 인터뷰를 해 그 이야기를 듣고 이를 바탕으로 글을 쓰거나 강연을 준비한다고 합니다.

임상심리학자인 가와이 하야오는 자신의 직업이 직업인 만큼 '듣기'의 고수로서, 묵묵히 클라이언트의 이야기를 들으면서 클라이언트가 말로 표현하지 않는 부분까지 감각적으로 읽어내기 위해 때로는 승부사로, 때로는 연구자의 모습으로, 때로는 예술가적 판단을 이끌어내야 하는 카운슬러로서의 자신의 이야기를 들려줍니다.

시인인 다니카와 순타로는 자신의 시들을 통해 이 책의 테마인 '읽기, 듣기'에 대해 자기 방식으로 이야기를 들려줍니다.

그리고 이들 세 사람은 인간의 지적 도구인 언어를 구성하는 문자가 그 편리성만큼 인간의 심적 움직임을 제한하는 단점을 가지고 있어 감성이 쇠퇴하는 계기가 되었다는 점을 지적하면서, 문자가 가진 우수성을 강조하는 가운데 잃어버린 것은 무엇인지 생각해 보기를 권하고 있습니다.

그리고 머리로만 무언가를 읽거나 듣는 행동에서 벗어나 감성을 되살려, 언어 이상의 것을 이해하려는 노력이 있기를 기대한다고 합니다.

특히 과학기술의 발전과 함께 급변하기 시작한 현대 사회의 모습을 긍정적으로 풀어내면서, 정보의 홍수사태를 겪는 현대인에게 두려워하지 말라고 말합니다. 우리 인생이 만남의 연속이듯, 정보 또한 삶 속에서 갖게 되는 하나의 만남으로 여기고 그 안에서 자기 나름의 선택 기준을 마련해 인간이 쌓아온 지혜를 믿고 활용한다면 봇물처럼 터져나오는 지식을 컨트롤할 수 있다고 말합니다.

이러다 흐름에 뒤처지는 것은 아닐까 불안감에 싸여 있는 현대인에게 조금은 위안이 되는 말이 아닐까요?

시대가 아무리 변해도 읽기와 듣기가 모든 관계의 기본이라는 사실은 변하지 않을 것입니다. 지금 우리는 시간을 들여 발효를 기다리는 아날로그 방식과, 발신과 수신이 거의 동시에 이루어지는 동시성을 가진 디지털 방식이라는 전혀 다른 문화가 공존하는 시대에 살고 있습니다.

언어 이전 시대부터 인간은 서로 다양한 방식으로 관계를 맺어왔으므로, 도구(물리적인 도구뿐만 아니라 언어, 몸동작 등을 포함)를 사용하는 방식에서 다소 차이가 있었더라도, 자연을 읽든, 사람의 마음을 읽든, 자연의 소리를 듣든, 사람의 말을 듣든, 음악을 듣든 읽기와 듣기는 과학이 고도로 발달하는 지금에도 정보를 읽고 듣고 선택하고 활용해야 한다는 점에서 변한 것이 없습니다.

따라서 말하기와 쓰기 못지않게 중요하며 어떤 의미에서는 말하기, 쓰기의 기본이라고 할 수 있는 읽기와 듣기에 대해 좀더 관심을 갖는다면, 우리를 둘러싼 주변에 대한 이해 능력도 높아져 우리 삶 속에서 이루어지는 다양한 만남을 한층 따뜻하고 성숙하게 이끌어갈 수 있지 않을까 생각합니다.

2007년 6월

이언숙